徐鲁儿童诗论集

徐鲁 著

青岛出版集团｜青岛出版社

图书在版编目（CIP）数据

徐鲁儿童诗论集 / 徐鲁著 . -- 青岛 : 青岛出版社，
2025. 6. -- ISBN 978-7-5736-2945-6

Ⅰ . I207.8

中国国家版本馆 CIP 数据核字第 2025AK7306 号

XU LU ERTONGSHI LUNJI

书　　名	**徐鲁儿童诗论集**	
著　　者	徐　鲁	
图书策划	魏晓曦　刘　奎	
责任编辑	张雪慧　王玉超	
美术编辑	李　青	
封面设计	李　青	
出版发行	青岛出版社（青岛市崂山区海尔路 182 号，266061）	
本社网址	http://www.qdpub.com	
照　　排	青岛新华出版照排有限公司	
印　　刷	青岛名扬数码印刷有限责任公司	
出版日期	2025 年 6 月第 1 版　2025 年 6 月第 1 次印刷	
开　　本	16 开（710mm×1000mm）	
印　　张	20.25	
字　　数	200 千	
书　　号	ISBN 978-7-5736-2945-6	
定　　价	68.00 元	

编校印装质量服务电话：4006532017　0532-68068050
建议陈列类别：儿童文学理论

编校印装质量服务

什么是儿童诗

与儿童小说、童话、儿童散文、儿童剧、寓言一样，儿童诗是儿童文学的重要体裁之一。中国自古以来就有"诗教"的传统，从培养少年儿童读者对真、善、美的敏感与追求，养成少年儿童"情商"，增强少年儿童对美丽的汉语母语的感知与热爱等角度来说，儿童诗比其他文体更适合少年儿童阅读。

儿童诗通常具有以下明显的特点：

其一，儿童诗的读者是不同年龄段的未成年人，所写的题材、感情、哲理、想象和语言的深浅等，应该符合少年儿童的年龄和心理特征，诗中的形象和意象单纯、明朗，比喻新鲜、生动，意境优美，富有形象感和童趣，容易为少年儿童所接受。

其二，跟所有的白话新诗一样，儿童诗也应该注重思想性、抒情性和情感感染力，注重从真、善、美的角度去培养和提升少年儿童高尚的道德情操、审美情趣，培养和陶冶少年儿童的想象力、纯真性情。

其三，儿童诗能够丰富少年儿童的心灵，对扩展少年儿童认识和接纳人类文明的广阔视野，培养其爱国情怀，引导其追求美好理想、热爱自然和拥有知恩感恩之心，具有启迪和励志作用。

其四，儿童诗用优美、凝练、纯正、生动、抑扬顿挫、朗朗上口、富有节奏与韵律的语言，帮助少年儿童去感知和欣赏汉语之美，能唤起小读者对母语的热爱与自豪感。

儿童诗首先应该是"诗"。因此，作为用现代白话文创作的、以少年儿童为读者、具有鲜明的少年儿童文体特点的儿童诗，也是中国现代新诗的组成部分。

新文化运动之后，随着中国新诗的诞生与发展，儿童诗几乎也同步诞生并逐步发展、成熟起来。创作早期新诗的诗人们，如郭沫若、胡适、叶圣陶、俞平伯、黎锦晖、朱自清、郑振铎、刘大白、应修人、冰心等，都用自己的作品参与了儿童诗的创作探索。如郭沫若的《天上的街市》、应修人的《小小儿的请求》、冰心的《繁星》《春水》（诗集）和《纸船》等，都是诞生在这个时期的儿童诗名作。

抗日战争和解放战争时期，儿童诗和新诗等文学样式一样，成为整个革命文艺和抗战文艺的一部分，融入了救亡图存的时代洪流之中，对在深重的民族苦难中艰辛成长、自强不息的一代少年儿童，起到了号召、激励、感染和教育作用。艾青、何其芳、田间、魏巍、方冰、陈辉、陈伯吹、臧克家、金近、蒲风、郭风、绿原、鲁兵、圣野、田地等分别身处解放区、沦陷区、国统区的诗人们，还有儿童教育家陶行知等，都在这一时期写出了不少脍炙人口的儿童诗，它们有的作为儿童诗的经典篇目进入了中小学语文教科书，有的至今仍为小读者们所传诵。如艾青的《太阳的话》《黎明的通知》、臧克家的《老马》《三代》、何其芳的《我为少男少女们歌唱》《生活是多么广阔》、方冰的《歌唱二小放牛郎》、绿原的《小时候》、郭风的《小野菊的童话》、圣野的《捉迷藏》《欢迎小雨点》等。

中华人民共和国诞生后的五六十年代，儿童诗迎来茁壮的成长期，不仅题材丰富多样，艺术表现手法"百花齐放"，创作队伍显著扩大，而且涌现出了一大批专门或主要从事儿童诗创作的诗人和儿童文学作家。叶圣陶、艾青、阮章竞、管桦、金近、黄庆云、郭风、任溶溶、袁鹰、曾卓、柯岩、于之、鲁兵、圣野、田地、金波、邵燕祥、柯蓝、刘饶民、张继楼等诗人，都在这个时期创作出了一些优美的儿童诗名篇。如叶圣陶的《小小的船》、艾青的《春姑娘》《下雪的早晨》、阮章竞的《金色的海螺》、管桦的《听妈妈讲那过去的事情》《我们的田野》、金近的《小队长的苦恼》、郭风的《红菰的旅行》、柯岩的《"小兵"的故事》、袁鹰的《时光老人的礼物》、任溶溶的《你们说我爸爸是干什么的》、金波的《湖》《回声》、刘饶民的《大海的歌》等。

伴随着中国迈入改革开放，儿童诗也进入了空前的发展与繁荣期，创作阵容呈现"三代同堂"局面。老一代诗人如柯岩、任溶溶、田地、圣野、鲁兵、曾卓、金波、邵燕祥、樊发稼、聪聪、张继楼、张秋生、望安、李少白、尹世霖等，继续保持着饱满的创作激情，时有优秀新作奉献出来；中青年一代如高洪波、王宜振、傅天琳、薛卫民、白冰、马及时、郑春华、刘丙钧、徐鲁、邱易东、婴草等，在新时期成为儿童诗创作的中坚力量，在探索和追求儿童诗在表现少年儿童当代生活和精神心灵世界的丰富性、艺术性、多样化的道路上，付出了各自的努力，也取得了令人瞩目的成果；稍晚的一代诗人如萧萍、王立春、高凯、安武林、张晓楠、李东华等，不仅激情充沛，诗歌观念也活跃多变，富有独特的个性，善于挖掘个人童年的生活经验，唤醒和捕捉生活细节中的记忆与感受，多角度写出了新时期中国儿童的成长状态。这一时期，专业的少年儿童出版社、少儿文学报刊也多于以往，儿童诗发表园地不断扩展，各种儿童诗集、儿童诗选本、儿歌集如雨后春笋般陆续问世。在上海，还一度创办了专门刊登儿童诗和儿童诗评论的《儿童诗》丛刊。

儿童诗是儿童文学的一个大类，在广义的"儿童诗"概念下，又有许多细分的门类。按照少年儿童读者年龄段的不同，广义的儿童诗又可分为适合初中生以上年龄段阅读的少年诗，适合小学生年龄段阅读的儿童诗（即狭义的儿童诗），适合学龄前幼儿阅读的幼儿诗和儿歌。按照诗中抒写和咏吟的题材不同，又可分为抒情诗、叙事诗、科学诗、哲理诗等。儿童抒情诗如艾青的《春姑娘》、叶圣陶的《小小的船》；儿童叙事诗如杨啸的《草原上的鹰》、袁鹰的《刘文学》（长篇叙事诗）、柯岩的《"小兵"的故事》、金近的《小队长的苦恼》；科学诗如高士其的《我们的土壤妈妈》；哲理诗如冰心的《繁星》《春水》里的一些哲理小诗。按照儿童诗与其他文体不同的结合方式，又分为童话诗、散文诗、儿童诗剧等。童话诗如阮章竞的《金色和海螺》、熊塞声的《马莲花》、鲁兵的《老虎外婆》；散文诗如郭风的《雏菊和蒲公英》、柯蓝的《少年旅行队》；儿童诗剧如柯岩的《小熊拔牙》《照镜子》等。此外，有的儿童诗在表达方式和诗行排列形式上独具特点，因此获得不同的名称。有的儿童诗具有强烈的鼓动性和铿锵有力的节奏感，被称为儿童朗诵诗，如袁鹰的《时光老人的礼物》、田地的《我爱我的祖国》、尹世霖的《红旗一角的故事》；有的儿童诗在诗行排列上借鉴了苏联诗人马雅可夫斯基"楼梯诗"错落有致的排列形式，被称为"楼梯诗"或"阶梯诗"，如任溶溶的《一个怪物和一个小学生》、袁鹰的《保卫红领巾》；有的诗人把西方的一种格律诗形式——十四行诗的诗体，在结合了汉语的结构和音韵特点之后，用于儿童诗创作，创造了一种儿童十四行诗，如金波的儿童诗集《我们去看海》，每一首都是格律严谨的十四行诗，无论是内容的表达、感情的抒发、韵律的运用，都自然流畅，往复回环，浑然一体，让小读者在严格的新格律中感受到了汉语诗体的美丽、神奇。

对儿童诗的美学理论研究和创作评论，相对于儿童诗创作和其他儿童文学文体的研究，历来略显薄弱。叶圣陶、艾青、陈伯吹、孙犁、圣野、柯岩、束沛德、樊发稼、金波、高洪波等，在儿童诗的理论研究和创作评论方面，都曾撰写过专门的文章，多有贡献。金波还著有《能歌善舞的文字——金波儿童诗评论集》《金波论儿童诗》等儿童诗论述专著。

以上述论，系应约为《中国大百科全书》儿童文学卷撰写的"长条目"。条目名称：儿童诗。英文名称：Children's Poetry。定性语：诗歌种类之一，儿童文学体裁之一。我愿用这篇介绍儿童诗的常识性短文，作为这本谈论儿童诗的论述集的代序。

本书选编的是我近几年来谈论儿童诗的创作、诵读与欣赏的一部分文章。第一辑是几篇谈论经典儿童诗的长文；第二辑是我对儿童诗创作与诵读的一些思考；第三辑是对近几年出版的一些儿童诗新作的评论与赏析。我希望，这些长长短短的文章，能对当下越来越活跃的儿童诗坛有所裨益，能够吸引家长、老师和全社会的读者更加重视和认识到儿童诗在童年阅读中所起到的"润物细无声"的作用。

在此，向慨允接纳、出版本书的青岛出版社和魏晓曦老师致以真诚的谢意。

2023 年 2 月 19 日（农历雨水），东湖梨园

目　录

第一章　儿童诗大家们

第二章　我对儿童诗的看法

第三章　听见与发现

第一章

儿童诗大家们

叶圣陶是怎样写儿童诗的

叶圣陶先生写得最美、流传得最广的一首儿童诗，要数《小小的船》了。那是 1955 年初夏的一个夜晚，夜色已经很深，家人都已睡下了，他还在挑灯笔耕，为当时的小学语文课本创作了这首儿歌：

弯弯的月儿小小的船，

小小的船儿两头尖。

我在小小的船里坐，

只看见闪闪的星星蓝蓝的天。

这首儿歌虽然只有短短四行，却把小小童心带向那遥远的、神秘的夜空和星际，激发起孩子们仰望星空、探索宇宙奥秘的好奇和想象。

写完后，他轻轻地反复吟哦了许多遍，又满怀喜悦把它抄录在日记里，然后写道："九日夜得《小小

的船》一首，自以为得意，录之……多用叠字，多用
'an'韵，意极浅显，而情境不枯燥，适于儿童之幻想。
二十年前在开明编小学生课本，即涉想及此，直至今
日乃始完成。"

原来，这样一首短短的儿歌，在他心里心心念念
竟然酝酿了二十年。如今，这首《小小的船》已经成
为一代代中国孩子十分熟悉的经典童诗，很多孩子和
家长都会背诵它。

叶圣陶的长子、著名科普作家和出版家叶至善写
过一篇散文，题为《教育》。这篇文章讲述了他的父
亲叶圣陶和孩子们的几个小故事，从这些小故事里，
我们看到了一位慈爱的父亲是怎样循循善诱、言传身
教地教育孩子的。他在一些日常生活细节中，"润物
细无声"地为孩子们树立起了美丽的家风。

叶至善谈到了叶圣陶早年写的一首小诗《成功的
喜悦》：

儿欲爬上凳子，
玩弄桌上摆着的
积木，摇鼓，小锡船，耍孩儿。

他右膝支着凳面，耸身屡屡，

可是力量不济，

不能成就他的尝试。

老太太看见了，

把他抱起来，让他坐上凳子。

她的动作十分轻易。

但是，这使他十分失意，

啼声乍发，身子一溜，

两脚又站在地。

为什么啼泣？

要发展你独创的天才？

要锻炼你奋发的潜力？

要期求你意志的自由？

要享受你成功的喜悦？

他不作什么说明，

只是继续他的尝试。

忽然身子一耸，两脚离地，

他又坐上了凳子。

玩具在他的手里，

笑容浮上他的两颊。

原来，这首朴素而充满童真的记事小诗，是叶圣陶先生为不满三岁的小至善写的。我们从中可以看出一位父亲对小孩子如何发展自己的观察、思索和期望的关切，看到他对小孩子自己获得的一次小小"成功"的喜悦。

在至善五岁那年冬天，一个下大雪的日子，为了使孩子高兴，叶圣陶找了块大木板，冒着纷飞的雪花，从外面铲回一大堆白雪，和孩子一起堆了个大肚子的咧嘴弥勒佛，然后他又带着孩子一起唱起有趣的儿歌来：

雪花堆个雪弥勒，

袒着肚皮上面坐。

你在那里想什么？

为何向我笑呵呵？

小至善长大后，一直记得这场大雪，记得父亲给他堆的这个咧着嘴大笑的雪弥勒，还有这首快活的童谣。父亲即兴创作的一首童谣，寓教于乐，不仅启发了孩子的想象力，也让孩子感受到了亲情的温暖。

《叶圣陶儿歌一百首》是叶圣陶的孙女、叶至善的女儿叶小沫整理和选编的，收录了叶圣陶一生中为小孩子创作的各种题材和风格的儿歌、童诗共一百首，还配有漫画大师丰子恺的手绘插图。这本书也像是叶圣陶爷爷教小朋友怎样写童诗的"童诗课本"。编入这本"童诗课本"里的，也不全是写给低幼年龄小朋友的儿歌，还包括了不少适合中高年级小学生阅读的优美的儿童诗，以及少量的童话诗和故事诗。

大凡一个小孩子在幼年时光所接触到的，来自大自然、家庭、校园和其他环境中的景物与人事，在这些小诗中都有所反映。这是一个美丽、丰富和温暖的童心"小世界"，小小的船上载满小孩的快乐、梦幻和期盼。一首首清新、朴素的小诗，不仅向小读者呈现了天真、纯净和烂漫的童年之美，也让小读者感受到了一种单纯、清澈和温暖的儿童文学之美。

例如《满天的星》：

天空中，一眨一眨的，
可是谁的小眼睛？
你望见山河原野，
引起怎样的心情？
可望见我们的眼睛，
也同样地亮晶晶？

天空中，闪闪烁烁的，
可是钻石放光明？
摘下来做个项圈儿，
送给谁戴最欢迎？
偷偷地给姊姊戴上，
她可喜得吃一惊？

我们越想竟越远了，
大家抬头不出声。
那不是宝贵的钻石，
不是谁的小眼睛，

东一簇密，西一簇稀，

原来是满天的星。

星星离地很远很远，

谁知有多少路程。

可惜不能驾着飞机，

去作长途的旅行，

到了星中饱看一切，

回来说给姊姊听。

　　这首小诗写得真是优美，从小孩子的视角仰望星空，引发天真烂漫的想象，既有盎然的童趣，念起来又尽显音韵之美。再如《天空的云》：

慢慢地走过天空的云，

就像一位白衣的老人。

白发白须这样飘呀飘，

抬着头不知为何出神。

一会儿老人变成冰岛，

无边的碧海四周围绕。

仿佛看见打猎的雪车，

有几头白熊正在奔跑。

冰岛又变成一缕白烟，

左转右折尽这么回旋。

再变什么实在难料定，

让我一眼不眨望着天。

这样的儿童诗，完全可以与英国诗人斯蒂文森为小孩子写的那本经典儿童诗集《一个孩子的诗园》里的诗篇相媲美。

叶圣陶是一位小学教员出身的文学家和教育家，他的许多儿歌和儿童诗，原本都是为开明书店编写小学生国语课本而创作的课文，因此这些儿童诗带着中国传统的"诗教"功能。有的是为了让小孩子感受母语之美，引导小读者亲近母语、学习语言，有点"不学《诗》，无以言"的意味，还有的是为了引导小孩子"多识于草木鸟兽之名"，通过"悦读"一首首小诗，感受大自然的四季之美，认识天地、日月、星辰、宇宙，了解一些生活常识。

例如《十五月儿圆》："太阳下了山，月亮上了天。

初三月儿弯，十五月儿圆。"《雪花》："窗外雪花飞满天，树上地上白一片。弟弟说它好像糖，妹妹说它好像盐。不是糖，不是盐，雪花不甜也不咸。"《燕子》："燕子尾巴像剪刀，燕子飞低又飞高，一会儿低低地贴着地面飞，一会儿高高地飞过高树梢。"这些儿歌既有清浅优美的"诗味"，也带有明确的认知功能。

当然，即使是带有认知功能的童诗，作者也极力把它们写得优美、抒情、空灵，充满"润物细无声"的感染力。例如那首《风》：

谁也没有看见过风，

不用说我和你了。

但是树叶颤动的时候，

我们知道风在那儿了。

谁也没有看见过风，

不用说我和你了。

但是林木点头的时候，

我们知道风正走过了。

谁也没有看见过风，

不用说我和你了。

但是河水起波的时候，

我们知道风来游戏了。

　　这首小诗的三段，句式上不断往返重复。这是作者在诗歌节奏和韵律上的讲究，同时也带来了风儿正在吹来吹去、往返不止的阅读效果。再如《春雨》：

细细的春雨比丝还柔，

滑滑的道路像泼了油。

满树海棠花戴起珠子，

一朵朵默默地低着头。

迷迷蒙蒙，远望一片青，

丛树和群山全不分明。

双双燕影闪电般掠过，

转眼不见，却有呢喃声。

麦田里不见黑黑的泥，

已披上厚厚的绿绒衣。

上街的农人田间归去，

看圆圆箬笠慢慢地移。

　　这首小诗，细腻地描写了细雨蒙蒙的春天里，小
路上、田野间以及小树林和远山的景象。每一个细节
都观察得十分仔细，描述得准确而生动，一下子就把
读者带进了小雨丝丝、燕子呢喃的朗润的田野上。

　　《叶圣陶儿歌一百首》里还有一些带有故事情节、
角色对话的小童话诗和小故事诗。例如《谁敲门》，
写小白兔在家里，听见外面不时地响起敲门声，小白
兔每次都要问一句："谁敲门？"外面的就把自己的
样子描述一番，然后说："你猜我是谁？"小白兔依
次猜出了门外的客人分别是小鸟、小鱼、小青虫，然
后邀请这些小客人走进房门，小伙伴们欢聚在一起，
小鸟讲林中的故事，小鱼讲河里的风景，小青虫讲叶
上的游戏。这首小诗有角色，有动作，有对话，更有
完整的故事情节和快乐的游戏性。小读者不仅可以绘
声绘色地朗读，还可以分角色来表演这首小童话诗。
这样的故事诗还有《蒲公英》《小鸟回家》《景阳冈》等。

叶圣陶年轻的时候，在苏州甪直这个江南小镇上当小学老师。一天的教学工作结束后，在万籁俱寂的子夜时分，他仍然坐在小小的书桌前，在一盏橘黄色的灯下阅读、写作。虽然远离了风起云涌的大都市，但他的耳边自有千种声音在呼啸着。他时而凭着小窗，远眺着外面神秘而辽远的夜空，仿佛正在翘首等待那将要到来的黎明；他时而又俯下身来，似有一种激情在催动他继续摊开稿纸，奋笔疾书……

　　在甪直的那几年里，叶圣陶激情充沛，写了不少诗歌。有的诗歌描绘了小镇郊外秀美的田园风光，表达了他的乡思与乡愁，如《春雨》《两行深深的树》《江滨》等。《春雨》里就有这样优美的段落：

　　　还记去年初夏，

　　　看农夫插秧在那里，

　　　还记稻穗经风，

　　　宛如大海碧浪无边际，

　　　还记农夫割了串串黄金穗，

　　　舂成粒粒珍珠米。

　　　——都像是眼前的事体。

霏霏的几天春雨，

平田又披上绿绒衣。

转眼间如箭光阴，

又到麦秋天气。

……

还有《飓风》《朝雾》《秋天的早上》《养蚕》《望爸爸回来》《生了几天病》等，抒写了小孩子成长中将会看到和遇到的一些社会景象，以及手足亲情、同学友谊、父母之爱等等，诗歌不仅呈现了作者温暖的人间情怀，也唤起了小读者的同情和善爱之心，引导小朋友们从小了解民生多艰，学会关爱他人，善待弱者，懂得感恩和担当。

作者善于"以小见大"，用一些小场景、小人物，让我们感受到一个大时代的悲欢。从一些小细节里，我们能辨认出过去年代的样子，听到一个大时代的风雨声。例如《卖菜的老人》描写了一位来自江湾的卖菜的老人，每天清晨来到上海闸北区，挨家挨户叫卖新鲜的蔬菜。可是"一·二八"战火一起，老人从此不知下落了。诗中抒写了对这位老人和他的家人的惦念："他的田地糟蹋成了怎样？他一家人可能个个保存？"

还有一些短小的诗歌来自一些生活瞬间的细微感受，不仅语句优美，诗意盎然，饶有童趣，同时也使人不难想象：这个时期，他身在江南小镇，心中却自有万般情思在交织、翻腾……

请看这首《小虎刺》：

我若是一株小虎刺，

披着油绿的新衣，

静默地立在

墙阴下红泥盆里，

当也有难说的趣味。

再看这首《小鱼》：

小鱼的嘴浮出河面，

不住地开合，

一个个波圈越来越大。

钓竿举了，

小鱼去了，

但正在扩散的圈儿

也许波及无穷的远。

　　观察得多么仔细，描写得多么准确和灵动有趣！
我们可以想象一下，表面上看，他是在观察和描写小
鱼在水里游动、吐泡泡的，实际上呢，他是在借景抒
情，写自己在江南小镇一个个寂静的、"广大而无边"
的长夜里，心就像水中的小鱼一样清醒和活跃！他虽
然身在江南小镇的小学校里，但他的心会不时地飞向
远方，飞向那"无穷的远"……

　　叶圣陶还有一些小诗，带有寓言哲理意味，堪称
是饶有理趣的寓言诗。这些小诗大都通过对日常生活
中的一些事物和景象的观察、思索与想象，选取某个
生动的故事细节，揭示一些生活哲理，告诉小读者什
么是好的，是美德，什么是不好的，是丑行。

　　例如《蜘蛛和蜻蜓》讲的是聪明反被聪明误的道
理；《蚂蚁》讲的是团结合作、齐心协力的美德；《农
人和野兔》写的是守株待兔的农人，因为侥幸地获得

了一只野兔，从此就放下了犁和锄，每天守着那棵树，结果是"田里没人去照顾，所有稻禾全已枯"，最终，农人面对失望的现实而渐渐醒悟："我坏在得到一只野兔。"这首寓言诗把守株待兔这个古老寓言加以翻新和延伸，让小朋友领会到新的道理。

还有一些带有猜谜游戏意味的小诗。如《两排白石头》写的是"两排白石头，排在大门口"，要早上刷、晚上刷，"每天三次大门开，许多东西送进来"，无论是馒头、白米饭，还是鱼、肉、青菜，都要慢慢地切磨，"切小磨细送进房，房主每天受用多"。小朋友念完小诗，都会开心地猜出谜底是牙齿。

再如《十个好朋友》："我有十个好朋友，不吃饭也不喝茶，没有脚也没有手，早上帮我洗脸儿，晚上帮我解纽扣。"写得形象风趣，小朋友一边念诗就会一边猜出，谜底是手指头。《你来猜》："有时在我前，有时在我后，有时在我左，有时在我右。光明处它总伴着我，不问冬春和夏秋。黑暗处它却躲起来，唤它它也不开口。"谜底是影子。

这些有趣的谜语诗，具有单纯和戏谑的儿童游戏精神，能极大地唤起小读者的好奇心和参与意识，真正寓教于乐，在游戏中达到美育的效果。

英国著名儿童诗人和画家爱德华·里亚，曾为小孩子写过许多脍炙人口的游戏儿歌。这些儿歌也被称为"逗趣歌"或"胡诌歌"，在英国流传很广，几乎家喻户晓。这样的小诗纯粹为了给孩子们逗趣，诗里没有什么逻辑性可言，甚至带点无厘头的意味，但是朗朗上口，富有韵律感，小孩子们念起来有时像在念绕口令一样，会觉得十分开心和有趣。

叶圣陶的儿童诗里也有类似的作品。例如《小人国》：

> 小人国里样样小，
>
> 说给你听不要笑。
>
> 只要买到一尺布，
>
> 可做衣裳四五套。
>
> 细丝带子两寸长，
>
> 束腰三围不嫌少。
>
> 房子只有鸟笼大，
>
> 火柴盒里好睡觉。
>
> 马儿像只小青蛙，

树林不过一丛草。

小人打猎进树林，

捉个小虫吃一饱。

　　孩子们读这样的小诗，是一种真正的"悦读"，除了能获得心灵上的愉悦和放松，同时也能感受到语言、文字、音韵上的玩味与兴趣，当然，也不排除有一点点生活习惯、常识认知上的收获。这其实也是儿歌、童诗中必不可少的"儿童游戏精神"。

　　儿歌和童诗，与叶圣陶先生毕生为孩子们创作的小说、童话、散文等体裁的作品相比，比重不算太大，甚至往往被读者忽略。但是，童诗创作贯穿了这位儿童文学大师的一生，从二十世纪三十年代初到中华人民共和国成立后，直至晚年，他几乎从没有停止过为纯真的赤脚小孩浅唱低吟。

　　叶小沫在一篇回忆短文《爷爷创作的儿歌》里写道，二十世纪五十年代，她在爷爷身边生活，已经六十多岁的爷爷为小孩子写东西时，"还是没有忘了要用孩子的眼光来看这个世界，写出来的儿歌依然充满了童心童趣，一首首朗朗上口、充满诗意"。

常言说，熟读唐诗三百首，不会作诗也会吟。借用这句话，我想告诉读者的是：熟读叶圣陶先生写的一些优美和短小的童诗，你就会明白和懂得童诗应该怎么写了。

艾青对中国儿童诗的杰出贡献

关于儿童诗，艾青说过什么

艾青是二十世纪中国诗坛的泰斗，也是一位享有国际声誉的诗歌大师。

艾青一生的主要创作体裁并不是儿童诗，但他在六十多年的创作生涯中，几乎每个年代里，都为小读者留下了一些优美的、宝贵的儿童诗篇。作为世界级的诗人和文学家，他用自己的创作实践和行动，默默地关怀和"加持"着儿童诗这个"小文体"，为中国儿童诗美学品质的提升和风格多样的发展，贡献了自己的心血、智慧和力量，也为一代代儿童诗创作者树立了一种大家风范，立起了一支支艺术品质的"标杆"。

他的《大堰河——我的保姆》《雪落在中国的土地上》《我爱这土地》《春姑娘》《太阳的话》《黎

明的通知》《国旗》《下雪的早晨》等诗歌佳作，多年来一直是大学和中小学教科书中的重要篇目，影响着一代代读者，其中也包括小读者们。

艾青生前没有出版过个人的儿童诗集。但在中华人民共和国诞生之初的 1951 年，以艾青的儿童诗名作《春姑娘》为书名，当时的文化供应出版社出版过一册艾青、田间等合著的儿童诗集。中华人民共和国成立以来出版的不少儿童诗选本里，也总能看到艾青的儿童诗作。

但艾青在儿童诗创作上的杰出成就，被他那些鸿篇杰作"遮蔽"了。现在我们应该把他的儿童诗的"珍珠"重新找出和擦亮。

艾青写过不少诗论文章，但很少有专门谈论儿童诗的文字。对儿童诗，他有自己的要求和美学观点、创作观点，只不过这些都散见在他的诸多诗论、序跋和书信里。

1987 年 6 月 14 日，《文汇报》《笔会》副刊刊载了一篇艾青的短文《关于儿童诗的一封信》。这是他在 6 月 1 日儿童节这天，写给一位儿童诗作者的信。《艾青全集》（花山文艺出版社 1991 年 7 月第 1 版）漏收了这封书信，使其成了一篇佚文，算是一个小遗憾。但对中国儿童诗坛来说，这是艾青留下的一篇小小的、珍贵的"文献"。全文如下——

× × 同志：

你要我为你即将出版的儿童诗集《海上的梦》写序，你的诗我读得不多，不好加以评论。我愿意借你出诗集的机会说几句话。

我一生为孩子们写的东西太少，这是我所遗憾的事情，只希望从事儿童文学的作家能为孩子们多写东西。

常有人把孩子比成花朵，也有人把孩子比成幼苗。我们要关心他们的成长，给予他们阳光和雨露。孩子们是未来，是希望，谁能不爱他们呢？

儿童诗不容易写。一、必须是诗。二、又必须被儿童所接受。儿童文学作家的责任是重大的，要以作品丰富孩子们的精神世界，陶冶孩子们的心灵。因此我说过，儿童文学是伟大的文学。

× × 同志，为了育人育才，为了繁荣儿童文学，祝你写出更多的优秀作品。

艾青　一九八七年六月一日

在这封信中，艾青简要地谈到了自己对儿童诗的几点看法："儿童诗不容易写。一、必须是诗。二、又必须被儿童所接受。儿童文学作家的责任是重大的，要以作品丰富孩子们的精神世界，陶冶孩子们的心灵。"

"儿童文学是伟大的文学。"这是一个多么闪亮的句子！我们应该把这个被时光淹没的句子重新擦亮。正因为有此敬畏之心，艾青在漫长的创作生涯中，在创作了许多鸿篇杰作的同时，总是不忘给赤脚孩童们写一点儿童诗。

对于儿童诗，艾青还有哪些见解呢

艾青在《读雷抒雁的〈夏天的小诗〉》一文里，在欣赏诗人雷抒雁的几首带有儿童诗风味的小诗时，有这样的评价和议论："这几首小诗，是真正的小诗，语言精练，达到了明快、单纯、朴素的标准。""形象思维的活动，在于为自己的感觉寻找确切的比喻，寻找确切的形容词，寻找最能表达自己感觉的动词；

只有新鲜的比喻，新鲜的形容词和新鲜的动词互相配合起来，才有可能产生新鲜的意境。"我体会到，艾青的这些观点——其实也是他自己的创作经验，用在儿童诗创作上，是再合适不过了。

1981年，艾青在《关于叶赛宁》一文里，谈到叶赛宁的诗歌特点时，这样说道："（他的诗）是和大自然联系起来的，是和土地、庄稼、树林、草地结合起来的。他的诗，和周围的景色联系得那么紧密，真切，动人，具有奇异的魅力，以致达到难于磨灭的境地。正因为如此，时间再久，也还保留着新鲜的活力。"

这些诗学观点，与其说是在评说叶赛宁的诗，不如说是艾青自己写儿童诗的"夫子自道"。艾青的一些写大自然景色的儿童诗，都带着这种"新鲜的活力"。这一点我们在后面会具体欣赏到。

对儿童诗，艾青还有一个希望，就是"让诗能飞翔"。1982年4月5日，他在为上海出版的《诗朗诵与辅导》写的一篇短序里说："孩子们不仅需要诗，而且喜欢朗诵。"他举了一个例子说，"1979年我随同诗人参观访问团去上海，在一次少年宫的欢迎会上，三个孩子朗诵了我的《初雪》，他们朗诵时是那么天真、活泼、可爱，许多人感动得流出了泪……"

1982年10月30日，艾青为女诗人柯岩和一位小画家卜镝合作的童诗童画集《春天的消息》写了一篇序言《我为儿童祝福》，其中有些观点，是关于儿童画的，也是关于儿童诗的——"儿童画是单纯的、坦率的，只忠实于自己的感觉。""诗人柯岩说：'孩子的天真唤回了我的天真，在孩子眼睛里我重新找到了自己童年的梦。'柯岩以热爱儿童的心，关心儿童的画，写了许多配合儿童画的明丽的诗。她的许多诗像水晶一样透明。""（儿童诗）难在要代替儿童思维——不能想得太复杂，太远。"他认为，无论是儿童画还是儿童诗，都"不可能是太多逻辑思维的产物"，而应该具有一种"单纯的美"。

天真、明丽，具有单纯的美，像水晶一样透明。这是艾青对儿童诗的基本要求。不单单是对儿童诗有此要求，艾青在《我对诗的要求》一文里，也透露了自己全部诗歌创作的"秘辛"：

"我曾经和少数几个同志谈过，我所努力的对诗的要求是四个方面：朴素，有意识地避免用华丽的辞藻来掩盖空虚；单纯，以一个意象来表明一个感觉和观念；集中，以全部力量去完成自己所选择的主题；明快，不含糊其词，不写为人费解的思想。决不让读者误解和坠入五里雾中。"

艾青的这些诗学主张，也是留给儿童诗作者们的宝贵馈赠。

艾青早期的儿童诗

艾青的创作之路起步于二十世纪三十年代初期。1932年1月25日，二十二岁的青年诗人在由巴黎到马赛的路上，面对着早春郊外的景色，创作了《当黎明穿上了白衣》。这是艾青最早的几首诗之一。艾青自己想必是很喜欢这首诗，所以《艾青诗选》把它放在开卷第一首的位置上。这其实也是一首色彩鲜明、形象明丽、语言优美的儿童诗：

紫蓝的林子与林子之间
由青灰的山坡到青灰的山坡，

绿的草原，

绿的草原，草原上流着

——新鲜的乳液似的烟……

啊，当黎明穿上了白衣的时候，

田野是多么新鲜！

看，

微黄的灯光，

正在电杆上战栗它的最后的时间。

看！

    艾青到欧洲是去学习绘画的，从这首诗中可见他对色彩的敏感。整首诗就是一幅形象、光影、色彩都十分明丽的小风景画。尤其是"新鲜的乳液"这样新鲜的比喻，还有连用的两个"看"，更使这首诗具有儿童诗的灵动和活泼感。

    1936 年，艾青写了一首《小黑手》，用朴素的白描手法，讲述了一个饥饿的吉普赛小孩的故事，全篇的思维和语言都是"儿童诗"的（限于篇幅，以下部分儿童诗引及，不再做分行排列）。

小吉普赛／有黑的脸／有黑的手

小吉普赛／站在水果铺子的前面／看见红的柿子／看见黄的香蕉

小吉普赛／伸出小黑手／拿了一只香蕉／放进饥饿的嘴里／水果铺子的女主人／飞快地走出水果铺子／夺去了小黑手里的香蕉／而且，向小黑手脸上打着

小吉普赛哭了／用小黑手／擦他的小黑脸／他一直把哭声／带到他祖父那儿／他张开饥饿的小嘴／（用我听不懂的话）：／——那是吃的东西／我怎么不能吃？

这首《小黑手》，与艾青后来在二十世纪五十年代写于里约热内卢的一首名作《一个黑人姑娘在歌唱》异曲同工，让我们感受到一位大诗人广阔的人道情怀。

明丽的自然与幼童之歌

从二十世纪三十年代中期到整个四十年代，艾青以中国现代最杰出的诗人形象，带着一大批光耀诗史的杰作，进入了诗坛。在他的许多诗歌杰作和名篇之中，也有许多朴素、明丽和单纯的小诗，堪称中国现代儿童诗的"模范"之作。

例如写于1938年的《我爱这土地》就是一首抒发深挚爱国主义情怀的脍炙人口的传世名篇，迄今一直在一代代读者口中流传，也是中小学课本里的必选篇目。这首诗已经家喻户晓，这里不再赘言。

从1939年秋天和冬天，到1940年春天，艾青在从南方奔赴北方的路上，陆续写了《秋》《秋晨》《水牛》《冬天的池沼》《树》《愿春天早点来》《船夫与船》《沙》《青色的池沼》《山毛榉》《矮小的松木林》《小马》等好多首短小的诗歌。

这些诗，都是用单纯的白描手法，用清新和清丽的语言，把自己真挚的感情和大自然联系起来，和土地、庄稼、树林、草地等祖国大地上的景色联系起来，形象单纯、集中，色调朴素、明丽，具有单纯的美和新鲜的活力。这些小诗，也都是最优美和"最标准"的儿童诗。例如《树》：

一棵树，一棵树／彼此孤离地兀立着／风与空气／告诉着它们的距离／／但是在泥土的覆盖下／它们的根伸长着／在看不见的深处／它们把根须纠缠在一起

《树》写于1940年春天。当时，抗日战争正转入艰苦的相持阶段。表面上看，诗人是在歌咏自然界生长的树木，但在诗人的感情深处，他是借凝聚在地下树根上的顽强力量，赞美中华民族坚忍不拔的顽强意志和坚不可摧的生命力。

诗人的心里有爱，眼睛里才能发现美，才能把自己温暖的目光和深切的爱心，投入到一些弱小的、细微的事物上。而且真正的诗人，一定也是童心未泯的人，所以在他的眼里，能看到奔跑的小马、刈草的小孩、流淌的小河……这些属于儿童诗的细节场景。

例如这首《小马》：

跟随在牝（pìn）马的后面，

新生的小马跳跃过田塍（chéng），

短短的鬃毛摆动着，

小小的蹄子得得的响，

它是多么欢愉，新鲜，

活泼而富有力量啊！

——来在世界上

它还不曾尝过苦辛。

这首诗与臧克家的那首《老马》堪称"双璧"。短短几句，就把一匹天真、活泼、初涉尘世、暂时未识人间愁滋味的小马刻画得栩栩如生，令人心怀怜惜。小马的形象，又何尝不是一代天真未凿的农村小孩的形象？

再看《刈草的孩子》：

夕阳把草原燃成通红了。

刈草的孩子无声地刈草，

低着头，弯曲着身子，忙乱着手，

从这一边慢慢地移到那一边……

草已遮没他小小的身子了——

在草丛里我们只看见：

一只盛草的竹篓，几堆草，

和在夕阳里闪着金光的镰刀……

还有写于 1940 年秋天的一首《篝火》：

黄昏降落到我们的旷野／快乐的火焰就升
起了——／它在黝黑的树林下面／闪耀着眩眼的
红光……／／白色的烟像夜间的雾／迷漫了山谷
和树林／跟随着秋天晚上的风／徐缓地流散到远
方……／／在白烟的树林里／在篝火的照耀里／映
着几个农夫和农妇／背负着收获物晚归的暗影。

这是一幅幅形象单纯、光影明亮、色调温暖、动
静相宜的写生画或木刻画，同时也是一首首意境柔和
静美，语言凝练清浅的儿童诗。艾青也许无意成为"儿
童诗诗人"，但他在不经意间为中国现代儿童诗园留
下了一首首优美的"范本"。

1942 年，艾青还创作了一首《太阳的话》，后来也被选进了很多省份的小学语文课本：

打开你们的窗子吧／打开你们的板门吧／让我进去，让我进去／进到你们的小屋里

我带着金黄的花束／我带着林间的香气／我带着亮光和温暖／我带着满身的露水

快起来，快起来／快从枕头上抬起头来／睁开你的被睫毛盖着的眼／让你的眼看见我的到来

让你们的心像小小的木板房／打开它们关闭了很久的窗子／让我把花束，把香气，把亮光／温暖和露水撒满你们心的空间

这首儿童诗带有童话诗的风味，全篇借太阳的口吻，表达了对清新、鲜亮、光明的日子，对新的生活和新的明天的欢欣、期待与热爱。诗歌虽短，却自有一种催人振奋、乐观向上、走出狭小的自我天地而奔向辽阔远方的力量。诗中所选择的金黄的花束、林间的香气、亮光、露水、木板房、窗子……这些意象，也都是孩子们熟悉且能够产生亲近感的。通过这些具

体的意象，艾青展现了太阳带给大地和人间的光明、温暖、美好与希望。

艾青的诗篇里有不少献给太阳、火把和光的赞歌。他在同一时期还写了一首更为有名的诗——《黎明的通知》。我在上小学时就读过这首脍炙人口的抒情诗。这首名作早已为很多读者熟知，这里也不再赘言。在1942年早春时节，艾青还写过两首同题小诗《河》，第二首这样写道：

沿着寒夜的河边 / 我听见河水哗哗地流着 / 好像一群喧闹的夜行者 / 一边行走，一边歌唱 / 它们在这冷寂的夜晚 / 从冰层的下面 / 不止地奔向远方…… // 一切都已入睡了 / 但河水依然兴奋地流着 / 经过广大的黑暗的地域 / 一直奔向黎明。

诗中有抒情，也有哲理。无论是在暗夜里还是在冰层下，小河永远不停息地向前奔流，奔向黎明和远方。这同样是一首能为孩子们带来力量和希望、带来成长启迪的儿童诗。

1948年，在中华人民共和国诞生前夕，艾青又创作了一组明亮的乡村风情画式的小诗《播谷鸟集》。我们来欣赏其中一首带点童话诗色彩的《喜鹊》：

村子的边上 / 有一排高树 / 最高的树枝上 / 有一个喜鹊窝 // 喜鹊站在树巅 / 最早看见太阳 / 它哑着嗓子说：/ 太阳出来了！/ 太阳出来了！/ 长长的尾巴 / 一翘一翘…… // 它从树巅飞走了 / 飞到野地里 // 一个农民 / 站在耙上 / 赶着两匹驴子 / 从地的这一头 / 到地的那一头 / 喜鹊朝着农民 / 哑着嗓子说：/ 日子好了 / 恭喜！恭喜！

这也是一首形象生动活泼、语言清浅明亮的儿童诗。写喜鹊"哑着嗓子""长长的尾巴一翘一翘"等细节，生动而准确。全诗写的是田野上和大树上的喜鹊，却也传达出解放区人民经过土地改革后，翻了身，做了主人，在焕然一新的新天地里，过上了和平幸福的好日子的欢乐气氛。

1949年9月，离中华人民共和国开国大典的日子越来越近了，中华人民共和国的国歌、国旗、国徽都已经诞生了。9月27日这天，艾青创作了一首《国旗》，迎接中华人民共和国的诞生。这首诗也曾被选入小学语文课本，几代小读者都会记得这首诗里的句子：

　　我们守卫它／它是我们的尊严／我们跟随它／它引我们前进／……旗到哪里／哪里就胜利。

《三株小杉树》及其他

　　在中华人民共和国的第一个春天里，1950 年 3 月 28 日，艾青写出了又一首带有童话诗风味的儿童诗名作《春姑娘》。这首诗也一直是小学课本里的保留篇目。全篇用拟人的手法，用生动活泼和明朗的意象，描写了春天给世界带来的温暖、光明和一派生机盎然的景象。

　　开篇就以小孩子的口吻问道：

　　春姑娘来了——／你们谁知道／她是怎么来的？／／我知道！／我知道！／她是南方来的／前几天到这里／这个好消息／是燕子告诉我的

然后用生动的拟人手法，从各个角度描写了春姑娘的样子：

她赤着两只脚 / 裤管挽在膝盖上 / 在她的手臂上 / 挂着一个大柳筐 // 她渡过了河水 / 在沙滩上慢慢走 / 她低着头轻轻地唱 / 那声音像河水在流…… // 看见她的样子 / 谁也会高兴 / 听见她的歌声 / 谁也会快乐 // 在她的大柳筐里 / 装满了许多东西—— / 红的花，绿的草 / 还有金色的种子

接着，诗人又用一些具体、单纯和典型的春天的意象，礼赞了春姑娘的勤劳，还有人们对她的喜爱与拥戴。诗人所选的这些意象，又都是十分新鲜生动和儿童们所喜闻乐见的：

她把花挂在树上 / 又把草铺在地上 / 把种子撒在田里 / 让它们长出了绿秧 // 她在田垄上走过 / 母牛仰着头看着 / 小牛犊蹦跳着 / 大羊羔咩咩地叫着…… // 她来到村子里 / 家家户户都高兴 / 一个个果子园 / 都打开门来欢迎…… // 那些

水池子／擦得亮亮的／春姑娘走过时／还照一照镜子

春江水暖鸭先知。在诗的最后，诗人替那些"不会唱歌"但也很快乐的鸭子这样说道：

它们说：春姑娘／我们等你好久了！／你来了就好了！／我们不会唱歌，哈哈哈……

通篇都是生动形象的拟人化的写法，连小鸭子都会说话了。所以说，这首儿童诗，还带有童话诗的风味。

这首儿童诗字里行间热情洋溢、生机勃勃，形象地写出了春天到来时大地苏醒、万物欢唱的盎然景象。通过这样的自然景象描写，读者又怎能不联想到在中华人民共和国的大江南北，已经站起来的中国人民重新当家作主人的那份幸福、快乐、自豪与自信？

1954年，艾青的诗歌新作里，又出现了一首语言凝练优美、形象明丽、单纯的儿童诗《三株小杉树》。这是这位已经享有国际声誉的大诗人，为小孩子献上的最美的礼物。

我们来欣赏一下这首单纯而明丽的小诗：

年轻的杉树长满了嫩芽

嫩得好像要滴下水来

园里的草地露水很重

人走进的时候鞋子都湿了

早上的阳光照在露珠上

每颗露珠都在发亮

我摘了一个杉树的果子

手上沾满了果子的芳香

二十世纪五十年代里，艾青出访了欧洲、美洲的很多国家，写了很多国外题材的诗，其中也有不少儿童诗。例如 1954 年秋天在布拉格写的《写给小睡车里的婴孩》。这一时期，艾青还写出了《礁石》《珠贝》《小蓝花》《小牛犊》《高原》《小河》《泉》《梨树》《启明星》《鸽哨》等一批形象单纯、富有哲理和意趣的小诗。它们也是一批优美和珍贵的儿童诗，像闪光的珍珠一样，是诗人宝贵的生活经历、情感体验的结晶，对儿童的心智成长具有生动形象的启迪意义。

例如，写于 1956 年的《小蓝花》：

小小的蓝花 / 开在青色的山坡上 / 开在紫色的岩石上

小小的蓝花 / 比秋天的晴空还蓝 / 比蓝宝石还蓝

小小的蓝花 / 是山野的微笑 / 寂寞而又深情

再如《小牛犊》：

小牛犊多调皮 / 慢慢地走在公路上 / 汽车喇叭在后面催 / 它却一点也不慌张 // 它天真地仰起了头 / 流露出新奇的眼光 / 是从哪儿来的客人 / 到了这草原的牧场

还有一首《小河》，形象也是极其简洁、单纯和明丽：

小小的河流 / 青青的草地 // 河的这边 / 是

白的羊群 // 河的那边 / 是黑的、褐的牛群 // 天
是蓝的 / 河是蓝的

《鸽哨》也是艾青经常被人称道的一首小诗名作，
从单纯的小意象入手，写出了一种辽阔的意境：

北方的晴天 / 辽阔的一片 / 我爱它的颜色 / 比
海水更蓝 // 多么想飞翔 / 在高空回旋 / 发出醉人
的呼啸 / 声音越传越远…… // 要是有人能领会 / 这
悠扬的旋律 / 他将更爱这蓝色 / ——北方的晴天

这些儿童诗，令人想到诗人戴望舒翻译的西班牙
诗人洛尔迦的那些带有朴素民歌风味的、单纯明丽的
抒情小谣曲。艾青对戴译的洛尔迦小谣曲是颇为欣赏
的，没准他也从中吸收了一些艺术营养。

1956 年 11 月 17 日，一个落雪的日子。望着漫
天轻柔的雪花，艾青写出了一首极其优美，也是带有
经典品质的儿童诗《下雪的早晨》。

雪下着，下着，没有声音 / 雪下着，下着，

一刻不停／洁白的雪，盖满了院子／洁白的雪，盖满了屋顶／整个世界多么静，多么静

看着雪花在飘飞／我想得很远，很远／想起夏天的树林／树林里的早晨／到处都是露水／太阳刚刚上升／一个小孩，赤着脚／从晨光里走来／他的脸像一朵鲜花／他的嘴发出低低的歌声／他的小手拿着一根竹竿／他仰起小小的头／那双发亮的眼睛／透过浓密的树叶／在寻找知了的声音……

他的另一只小手／提了一串绿色的东西／——一根很长的狗尾草／结了蚂蚱、金甲虫和蜻蜓／这一切啊／我都记得很清

我们很久没有到树林里去了／那儿早已铺满了落叶／也不会有什么人影／但我一直都记着那个小孩／和他的很轻很轻的歌声／此刻，他不知在哪间小屋里

看着不停地飘飞着的雪花／或许想到树林里去抛雪球／或许想到湖上去滑冰／但他绝不会知道／有一个人想着他／就在这个下雪的早晨。

这首儿童诗的语言带着艾青常说的一种朴素的

"散文美"。全篇的感情饱满、真挚，足以唤醒每一位读者的共鸣：对自己童年的追忆，对童年小伙伴的思念，还有对儿时的田野、村庄、小树林和笑声朗朗的下雪日子的依恋与怀想。诗人在下雪的早晨，依依想念起的这个小孩，也许实有其人，也许不是如此。把这个小孩想象成是早已远去的、再也呼唤不回来的童年的自己，也未尝不可。

艾青的性格气质里，多有机智、幽默与谐谑的一面。这种性格气质，往往与童心未泯有关。这种性格元素，对儿童诗的创作尤其宝贵难得。

不信你看，即使徜徉在皇帝生活过的御花园里，艾青的心头，仍然会掠过"儿童诗"的意念。在《御花园》一诗里，他这样写道：

枝头小鸟在歌唱／好像有说不完的欢欣／小鸟小鸟你唱的是什么／我唱的是年月更新

这里的思维方式和表达方式，都是属于"儿童诗"的。

雨伞、初雪和小白花

整个二十世纪六十年代里，艾青被迫停止了歌唱。读者们不仅再也读不到他的儿童诗，连他最擅长的抒情诗也读不到了。当他重新归来，又出现在读者面前时，时间已经进入了七十年代末期，春回大地，中国总算走出了漫长的寒冬，迎来了改革开放新时期的春天。

大约在1978年，艾青又有了创作儿童诗的灵感。他再次献给小读者的，是这样一首小童话诗《伞》：

早晨，我问伞：/你喜欢太阳晒/还是喜欢雨淋？

伞笑了，它说：/我考虑的不是这些。

我追问它：/你考虑些什么？

伞说：/我想的是——/雨天，不让大家衣服淋湿/晴天，我是大家头上的云。

伞的回答多好。诗人仍然用自己擅长的拟人化的手法来写儿童诗，形象地写出了伞的无私奉献精神。

这是一首单纯、灵动且富有理趣意味的儿童诗。

艾青带着他的诗集《归来的歌》，也带着一首首清新的儿童诗，重新回到了千千万万读者中间，回到了喜欢他的诗歌的小读者中间。

1979 年，一本名为《儿童诗》的杂志在上海创刊，小读者们从杂志上读到了艾青的《初雪》等儿童诗篇。《初雪》是一首生动活泼的小叙事诗，原载于《儿童诗》第 2 期（少年儿童出版社 1979 年 9 月第 1 版），也被选进了《上海儿童文学选 1949 —1979》（第二卷）。可惜的是，《艾青全集》却漏收了这首活泼有趣、诗人曾在上海亲耳听过少年宫的孩子们为他朗诵的儿童诗。全诗照录于此：

下雪了！/下雪了！/好大的雪呀！/弟弟也高兴 /妹妹也欢喜 /一个在前面跑 /一个在后面追 /跑着，追着 /忽然站住了 /都在喘着气……

弟弟搓着手说：/这天气真冷——/要是下棉花多好 /可以做棉衣……/妹妹张着小嘴说：/可不是 /要是下白糖 /下到我嘴里……

弟弟在摇头 /妹妹在噘嘴 /只见好姐姐 /笑

眯眯走过/姐姐说：/你也别摇头/你也别噘嘴/大雪下到地里/给麦子当被子……

弟弟和妹妹一同说：/拿雪当被子多奇怪！/姐姐说：/有了雪当被子/再冷也冻不死麦子……

到了明年春天/天暖了，雪化了/大地喝得饱饱的/给我们长棉花/给我们长麦子/穿的大棉袄/吃的白面馍/还有甜菜做的砂糖/吃到嘴里甜甜的……

看着漫天的飞雪/弟弟妹妹都笑了/又是跳，又是叫——/弟弟说：大雪，大雪/快下吧，越大越好……/妹妹也说：快快下，快快下/下得厚厚的，厚厚的……

这首诗写于1978年10月19日的北京，一个初雪的日子。

全诗既在写景，也在抒情；既有叙事，还有人物刻画，充满了欢乐的动态感，不仅写出了纷纷扬扬的初雪之美，也写出了小孩子的纯真、欢快、喜悦和美丽的愿望，赞美了雪花对人类的哺育和奉献精神，也抒发了诗人对"瑞雪兆丰年"的期盼和感恩之意。

1979 年春天，艾青带着一个诗人访问团，到祖国南方沿海一带采风创作。一路上，他写了很多新作，其中有一首《绿》，是一首优秀的儿童诗：

好像绿色的墨水瓶倒翻了 / 到处是绿的……// 到哪儿去找这么多的绿：/ 墨绿、浅绿、嫩绿 / 翠绿、淡绿、粉绿…… / 绿得发黑、绿得出奇 // 刮的风是绿的 / 下的雨是绿的 / 流的水是绿的 / 阳光也是绿的 / 所有的绿集中起来 / 挤在一起 / 重叠在一起 / 静静地交叉在一起 // 突然一阵风 / 好像舞蹈教练在指挥 / 所有的绿就整齐地 / 按着节拍飘动在一起……

我们一开始就说到过，艾青青年时代是学绘画的，他对色彩的敏感、喜爱和细腻的绘声绘色的文字能力，是异于常人的。这首诗描写了深浅不一、如梦似幻，有的飘舞，有的流动，有的交叉和重叠的各种绿色。不妨想象一下这首诗所呈现的意境，不是恰似一幅浓墨淡彩总相宜又绿意盎然的水彩画吗？

这年 3 月，诗人抵达上海港时，又写了一首脍炙人口的小诗《盼望》：

　　一个海员说 / 他最喜欢的是起锚所激起的 / 那一片洁白的浪花…… // 一个海员说 / 最使他高兴的是抛锚所发出的 / 那一阵铁链的喧哗…… // 一个盼望出发 / 一个盼望到达

　　这首诗用对比的手法，写出了海员对大海的热爱与依恋，形象清晰单纯，却富有深刻的生活哲理意味。

　　这一时期，艾青还写了《希望》《回声》等意象明丽且具有很强哲理和思辨意味的小诗。例如《回声》：

　　你躲在峡谷 / 她站在山崖上 // 你不理她 / 她不理你 // 你喊她，她喊你 / 你骂她，她骂你 // 千万不要和她吵嘴 / 最后一声总是她的

　　诗人把看不见的回声描写成了一个调皮、任性，甚至还有点骄横的小姑娘的形象，颇有儿童诗的游戏

意味，语言也极其浅白精练。

艾青是大家公认的一位能驾驭宏大题材的大诗人，同时他也拥有一种高超的艺术创造能力，能化繁为简、以小见大、滴水观海，用儿童诗的小文体，用最单纯、最微小的细节和意象，去触碰大题材，抒发大情怀。

比如他去欧洲访问，既写出了像《古罗马的大斗技场》这样宏大题材的长诗，也写出了具有儿童诗风格的《小白花》等小诗。这首《小白花》足以与意大利作家创作的图画书《铁丝网上的小花》相媲美。

我怎么也忘不了

在慕尼黑看见的

达豪集中营门外的小白花

像是夜的星星

抖动着的小白花

在冷酷的铁丝网下

小白花看见的很多

听见的也很多

别看它从来不说话

　　1980 年，他又写了一首富有童话诗意趣的《窗外
的争吵》，仍然是用拟人手法，写出了春天和冬天在
窗户外面的"争吵"。比如春天对迟迟不肯离去的冬
天的"劝告"：

　　去问开花的大地／去问解冻的河流／去问南
来的燕子／去问轻柔的杨柳／……／／你要是赖着
不走／用拖拉机拉你走／用推土机推你走／敲锣
打鼓送你走。

　　诗句里充满了儿童诗的风趣与幽默，可见诗人到
老也葆有一颗明亮未泯的童心。

　　1980 年 5 月 10 日，艾青还写了一首《朱总司令
和孩子们》。这是他在看到朱德总司令和孩子在一起
的一张合影后，有感而发写出来的。这无疑是一个"大
题材"，但他用儿童诗的手法将其写得温暖动人：

谁都喜欢和他在一起 / 靠得紧紧的，紧紧的 / 感受到彼此的温暖 / 呼吸到慈爱的空气 // 喝的是延河的水 / 吃的是陕北的小米 / 一个个笑得多么天真 / 洋溢着幸福的滋味 // 长在荒野里的 / 青桐木多坚硬 / 开在崖畔上的 / 山丹丹最美丽。

诗中讴歌了朱总司令宽厚、善良和慈爱的胸怀，也赞美了像荒野里的青桐木、山崖边的山丹丹一样坚强与美丽的陕北儿童。

1996 年 5 月 5 日凌晨，大堰河的儿子，八十六岁的诗坛泰斗艾青与世长辞。他离去的时候，人们都还在梦中安睡，初夏的北京正在下着淅淅沥沥的小雨……这是整座城市——不，是整个祖国，在为一位伟大的儿子的离去而哭泣。

白银的船，黄金的桨

——金子美铃和她的童谣

一　纯色金子美铃

金子美铃小时候听妈妈唱过一首摇篮曲，但她只记得这样两句："白银的船，黄金的桨。"多年之后，她在《遗忘的歌》里写道："今天我又来到这里／这座开着野蔷薇的荒山／回想那支早已忘记的歌／回想比梦还遥远……／那一年那一天的妈妈／还会出现在我眼前吗？／……白银的船，黄金的桨／啊，这句之前，这句之后／我再也想不起的摇篮曲。"

妈妈和摇篮曲已经远去了，但是新的摇篮曲还会诞生。金子美铃1903年出生，1930年去世，在人间仅仅生活了不到三十年。可是她为我们这个世界留下了512首像金子一样明亮，像花溪一样清澈的童谣。

她的诗歌世界有点像美国女诗人狄金森的文学世界，那么小，又那么大。她以那500多首真纯斑斓、清澈明丽、形制短小而气象宏大的童谣，赢得了"日本诗坛巨星"的美誉。抒情诗人西条八十称她为"童谣诗界的彗星"。

《向着明亮那方》（吴菲译）是金子美铃童谣的中文译本，2009年首次在中国大陆出版。我注意到，2012年，这个译本又有新的增补本，已经是第四次印刷了。而早在2005年，中国的美铃粉丝们就开通了名为"纯色金子美铃"的博客，开始记录大陆版金子美铃童谣的诞生过程。两年后，豆瓣上的"纯色金子美铃"小组成员已经达到数百人。他们把美铃童谣中文版的译介和出版，比喻为在茫茫大海中航行的一只小船，小船的名字就叫"美铃号"。

美铃短暂的一生，就像一朵白色的橙花，独自静静地开了，又静静地凋谢了。她的童谣，是她留给世界的"白银的船，黄金的桨"。

金子美铃原名金子照，出生在日本山口县（离今天的下关市大约七十公里）的一个名叫仙崎村的小渔村里。她后来在许多童谣里写下了这个曾经十分繁荣的渔村留给她的美好记忆。

仙崎村对面的青海岛向岸寺有一座"鲸鱼墓"，那儿埋着七十多头小鲸鱼。原来，渔人们在捕鲸时，往往会殃及那些小鲸鱼，甚至母鲸腹中的胎儿。他们觉得这实在对不住鲸鱼，于是当地就有了这样一个习俗：捕鲸归来，他们会隆重埋葬那些无辜的小鲸鱼，而且每年还会为它们举行"法事"。美铃在那首《鲸法会》里写到了这个习俗，也写出了她对那些失去爸爸妈妈的小鲸鱼的惦念和同情："鲸法会开在暮春／海上捕飞鱼的季节／／海滨寺庙里敲响的钟声／摇荡着传过水面／／村里的渔夫们穿上过节衣裳／急匆匆地往寺庙里赶／／遥远的海上有一头小鲸鱼／听着阵阵钟声／／为死去的爸爸妈妈／小鲸鱼伤心哭泣／／钟声在海面回响／一直传到，大海的哪一方？"

祥和的小渔村、热闹的鱼市场、白色的海浪、雾中的岛屿、远方的帆影……在美铃的记忆里是那么清晰和亲切，这使她的童谣里总是流淌着一种单纯的童年眷恋，流淌着一种动人的自然之爱。例如那首《鱼儿出嫁》："鱼儿公主出嫁了／嫁到对岸的海岛／／长长的队伍延伸到海岛／闪烁着银色的光芒／／海岛上的月亮／打着灯笼来迎亲／／多么壮观的队伍／蜿蜒在海面上。"

寒冷的夜晚里，航灯摇晃着映照在水面；寂寞的晚上，大海在远处的夜色里忽闪着蓝色的眼睛；集市散去的市场里，阴影从远处大海的暮色里漫出；秋刀鱼颜色的夜空里，乌鸦静悄悄地飞过去了……一颗小小的童年的心，就像在小渔村暮色里轻轻摇曳的一朵橙花，寂寞而又敏感，独自盛开，又独自收拢。

二　拐角处的小书店

在金子美铃很幼小的时候，她的父亲就在中国的营口经营着一家书店。当时，美铃的姨父上山松藏开着好几家书店，在中国的大连、旅顺、青岛都有店面，营口也是书店的一个分号。美铃三岁时，父亲不幸客死异乡。在美铃的记忆里，从来没有父亲的影子。

父亲去世后，美铃一岁的弟弟正佑被过继给住在下关市的姨妈家。母亲美智和姥姥在仙崎街上经营着一个名叫"金子文英堂"的书店，这也是姨父开办的书店分号。书店附近有酒店、鱼店和干菜店，斜对面还有一个邮政所。现在，那条街已被命名为"美铃街"了。

从那首《拐角处的干菜店》里，我们能读到她对这条小街景象的描写。这首小诗附有一个说明："我的老家，景色实际如此：拐角处的干菜店／盐袋子上面／日光一点一点／渐渐西斜了／／第二间的空房里／草袋空荡荡／没人要的小狗狗／独自在玩耍／／第三间的酒铺里／木炭袋子旁／山里来的马儿／正在吃草料／／第四间的书店前／木招牌后面／我偷偷地／张望着。"这段描写使我想到了和美铃生活在同一个年代的中国女作家林海音的童年"城南"记忆。

"金子文英堂"是仙崎村唯一的书店。跟今天一些小镇上的书店一样，学生课本、普通图书、报纸杂志、纸笔文具等等，都可以在这里买到。书店和书，成了美铃幼年时光里最美好的记忆之一，这直接影响着她后来的成长。

她后来在《书》这首诗歌里不无自豪地写道："除了我，谁有呢？／各种书，这么多／／除了我，谁知道？／中国印度的故事／／不看书的孩子们／无知的小渔夫们／／大家都去海边玩／我一个人要看书／大人在睡午觉时／／如今他们在海边／冲冲浪呀，潜水呀／玩得快乐如人鱼／／人鱼国的老故事／我在书里看到时／想要到海边玩了／／忽然很想去玩了。"

也许正是有了书店生意的接济，有了书的启蒙，即使父亲不在了，金子美铃兄妹在幼年时也都不曾失学。与那些"不看书的孩子们"和"无知的小渔夫们"相比，朝夕出入小书店的美铃兄妹，显然要更聪颖和早熟一些。美铃除了正常的小学课业学习，还跟一位师傅学了日本三弦，而且在学校里每年成绩都是第一名，连年当上班长。她的哥哥坚助，小学一毕业就开始帮母亲做事，十五岁就做了户主，一边打理书店的营生，一边继续自学，拉小提琴，制造矿石收音机，样样在行，在仙崎村被乡亲们视为"摩登文人"。

单纯的幼年时光，像每天的日影一样在小书店里缓缓移动。金子美铃忽闪着天真的黑眼睛，想着每天的小小心事，就像她在《奇怪的事》里所写的："我奇怪得不得了／乌云里落下的雨／却闪着银色的光／／我奇怪得不得了／吃了绿色的桑树叶／却长出白色的蚕宝宝／／我奇怪得不得了／谁都没碰过的葫芦花／独自啪地就开了花？／／我奇怪得不得了／问谁谁都笑着说：／那是当然的啦。"

三　露珠的小路

1918年，金子美铃十五岁了，正在读初中四年级。这一年，住在下关的姨妈不幸得病去世了。依照日本当时的旧习，尚在寡居的美铃的母亲美智，成了姨父的续弦妻子，搬到下关居住去了。这样，仙崎村的金子家里就只有姥姥、哥哥和美铃了。

母亲的离去，给少女美铃的心里留下了深切的痛楚。正如她后来在《夜里凋落的花》一诗里所写的那样："晨光里／凋落的花／麻雀也会／伴它飞舞／／晚风中／凋落的花／晚钟也会／为它歌唱／／夜里凋落的花／谁来陪它？"她觉得自己就像一颗"暗夜的星"，一个"暗夜里迷路的小孩"。看见一只没有妈妈的野鸭，她想到了自己的身世："月亮／结冰了／冰雹／打在枯叶上／……没有妈妈的／小野鸭／怎么睡觉呢？"

不久，金子美铃初中毕业了。在毕业典礼上，她代表那届毕业生致答谢词。本来，老师们都希望她能到奈良去读女子高等师范学堂，因为她的成绩一直是全校最好的。可是，美铃想到，哥哥小学毕业就回家做事了，她怎么可以如此自私，一个人到外地去继续念书？于是，善良的少女把沉重的心事掩藏起来，凄然地谢绝了老师们的好意，从此便永远地告别了校园。

回到金子文英堂书店，美铃一边帮忙打理书店的事情，一边看书，就像哥哥一样。有时，午后的小街变得安静了，她就坐在店铺里，给那些没有上学的"小渔夫们"讲故事。

她的头脑里装着无数奇妙的幻想故事。她告诉孩子们（其实也是在安慰自己）：虽然每一个文字就像小蚂蚁一样，又黑又小，可是很多的文字聚集在一起，就能写出黄金城堡般的故事。

她还告诉孩子们：世界上有卖货郎，还有"梦郎"，每当新年到来的时候，小小梦郎就用宝船载来许多新年的好梦，到街上卖。而且，好心的梦郎总会给后街上那些买不起好梦的孩子悄悄搁下一些好梦，才转身离开。

她还给"小渔夫们"讲述过一个"玫瑰小镇"的

童话："绿色的小路，露珠的小路／小路的尽头，有座玫瑰屋／／风儿吹就随风摇的玫瑰屋／随风摇就花香飘的玫瑰屋／／玫瑰小仙人隔着窗子／伸展小小的金翅膀／正和邻居说着话／／我轻轻敲了敲门／窗子和小仙人就消失了／只留下花儿随风摇啊摇／／在玫瑰色的清晨／我拜访了玫瑰小镇／／那一天／我是一只小蚂蚁。"

那些日子里，正在下关念商业学校的弟弟正佑，常来仙崎村的书店找美铃和坚助玩耍。每逢三人凑到一起，他们就大谈文学、音乐和电影。"我们三人在一起，就像个文学沙龙，真叫人感到愉快。"正佑后来回忆说。他像坚助一样，也喜欢音乐，爱好作曲，曾在一个暑假里创作过25首歌。

后来，哥哥坚助和美铃的一个同学结婚成家了，书店里就只剩下美铃和姥姥。孤单吹过少女的天空，金子美铃觉得自己更加孤独了。她后来在许多小诗里写到了这种孤独感。在《小牵牛花》里，她写道："记得／那是一个／晴朗的日子啊／／……竹篱笆下开着／天蓝色的小牵牛花／——就像望着天空的眼睛。"在《星星和蒲公英》里，她写道："干枯散落的蒲公英／默默躲在瓦缝里／一直等到春天来临……"

四　玫瑰树根

　　1923 年 4 月，二十岁的美铃接受了母亲的建议，从仙崎这个小渔村搬到了有着"小东京"之称的下关，住在位于一家大银行隔壁的"上山文英堂"书店的二楼，每天到设在购物中心的书店柜台里值班。

　　那时的下关市有一个全国第二大的火车站，还有许多欧式大饭店、剧场、银行、书店和外国领事馆等，可以说是一个繁华、热闹的都市。美铃第一次离开偏僻的小渔村来到城里生活，这里的一切都带给她陌生感和疏离感。她在后来的一首《睡梦火车》里写道："沉沉入睡的孩子坐上了火车 / 火车开出睡梦车站 // 火车经过的是梦之国 / 在铺着五彩石的大地上 / 沿着红色的轨道飞奔 / ……梦之国的礼物 / 没有人能带回 / 去往梦之国的路 / 只有睡梦火车才知道。"

　　也就在这一年，正佑从商业学校毕业，接着又去东京学习书店经营去了。正佑临走前，把自己作曲的一本童谣集《铃兰梦》交给了美铃，请美铃来填写这些谣曲的歌词。正是因为这个契机，那一直沉睡在金子美铃心中的创作才华，就像冬日地窖里柔软的玫瑰树根上的芽苞，被唤醒了。在这之前，她所有的诗歌花蕾，都只能在黑暗的地窖里，在人们看不见的地方沉睡。正如她所写的蒲公英的种子，它强健的根，是眼睛看不见的，但是看不见并不意味着它不存在，它其实一直在那里等待春天来临。

现在，花蕾绽放的季节已经来临，她的心中有多么感动！"幸福穿着桃红的衣裳／一个人小声哭着。"她这样写道。

在日本，"童谣"这个概念，是由文学前辈夏目漱石的弟子——作家铃木八重吉提出的。1918年，他在后来有青年作家"龙门"之称的童话童谣杂志《赤鸟》的创刊词里宣称：之所以要创办这样一份刊物，就是为了给那些"幼小者"献上一些有艺术价值的、纯真的作品。他的倡导，得到了日本众多一流作家和艺术家的响应与支持。北原白秋、小川未明、岛崎藤村、西条八十、新美南吉等著名诗人、小说家和童话家，都曾在《赤鸟》上发表过他们的经典之作。日本文学史家认为，铃木八重吉亲自邀约诗人西条八十为《赤鸟》写诗，是日本童谣史的真正开端。

《赤鸟》创刊那年，美铃十五岁。她在自己家的书店里看到了《赤鸟》，杂志上每月都刊有西条八十、北原白秋等诗人写的童谣。紧接着，《金船》（后改名《金星》）、《童话》等童话和童谣杂志也在东京诞生了。在离东京上千公里外的下关和仙崎，金子美铃和弟弟正佑，都成了这些杂志最忠实的小读者。相比之下，美铃最喜欢的是西条八十的诗歌。

1923 年 6 月，金子美铃在书店里开始了平生第一次的投稿。她把写好的童谣用"金子美铃"的署名投给了《金星》《童话》等四种杂志。三个月后，她陆续收到了从东京寄来的邮件，四种杂志竟然都刊登了她写的童谣。美铃感动得流下了热泪。

"谁都不要告诉 / 好吗？ // 清晨 / 庭院角落里 / 花儿 / 悄悄掉眼泪的事 // 万一这事 / 说出去了 / 传到 / 蜜蜂的耳朵里 // 它会像 / 做了亏心事一样 / 飞回去 / 还蜂蜜的。"她当时激动和感恩的心境，与这首《露珠》里的情景相似。

大诗人西条八十是当时《童话》的编者。他在编后记里写道："在成人作品里，金子小姐的《鱼儿》和《幸运小槌》吸引了我。虽然在选字和韵律方面尚有不足，但是暖暖的人情味已经包容着整个作品。给我的感觉跟英国女诗人克里斯蒂娜·罗塞蒂一样。在闺秀诗人全无的今天，希望金子小姐照此努力下去。"

从此，金子美铃的童谣创作一发不可收，1924年1月至6月的《童话》杂志，每期上都刊有她的作品，杂志社也收到了全国许多读者的来信，信中表达了对美铃童谣的喜爱。这些通信有的摘登在《童话》的通信栏里，有的直接转到了下关市美铃所在的书店。

"在很大，很大的，大海里／有一滴很小，很小的，水珠／还一直想念着／谁也不认识的千屈菜／／它是，从寂寞的千屈菜的花朵里／滴下的那颗露珠。"美铃这样感激地写道。

五　哭泣的橙花

我们在前面说过，上山松藏原本是金子美铃的姨父。美铃的母亲改嫁后，姨父变成了美铃的继父。美铃搬到下关后，一直是继父开的书店里做事，那么，继父又兼有老板的身份。美铃在这里常常有寄人篱下的感受。现在，这位继父眼看着美铃已到谈婚论嫁的年龄，就想着让美铃早点嫁人。婚事是由独断专行的继父一手包办的，几乎丝毫也没有考虑美铃本人的感受。这桩婚事，从此把金子美铃推进了万劫不复的悲剧深渊。

上山文英堂书店里有一个雇员，名字叫宫本启喜，比美铃大两岁。此人先前在股票界混过多年，后来他流落到下关，进了上山文英堂。上山松藏也许只是从商人的实际利益考虑，打算让美铃和这个雇员结婚，暂时让二人为他管理书店，等到儿子正佑成熟以后，再由正佑来正式继承家业，根本没有去了解宫本启喜的人品，更没有想过要替美铃未来的生活负责。

善良而隐忍的美铃为了不使母亲为难，没有拒绝这门婚事。她就像自己在《花魂》里写到的一朵小花："花儿那么善良／太阳叫它的时候／它就啪地绽开露出笑脸／甜甜的蜜给了蝴蝶／所有的香气给了人们／风儿叫它去／它就老老实实地跟去了。"

1926年2月17日，美铃和宫本结婚了。结婚前夕，她把自己写的大约350首小诗亲手抄成了两本集子：《美丽的小镇》和《天空的妈妈》，送给正佑看。正佑把每一篇的阅读感想写了下来，寄回给美铃，还在附信的最后写了一句："谢谢你，诗人美铃女士！"但是正佑怎么也不会想到，自己的亲姐姐美铃，从此将开始一段痛苦和黑暗的人生，一个人久久地望着纸窗外的蓝天，一点点地黯淡下去。

美铃在诗歌里说："每当我／伤心哭泣的时候／总是闻见橙花香。"橙花是她心中秘密的光明和温暖，但是，橙花并不会天天为她开放。不，她的命运更像是一朵悲苦的"蛇枕头花"。

传说有一种寂寞和悲苦的美艳小花，叫"蛇枕头花"。红宝石一样鲜艳得透明的小花，却被冰冷的蛇所占有，成为这种冷血动物的枕头，总是无声地开放在看不见阳光的背阴处。传说人们从不会把蛇枕头花采摘回家，因为那样蛇会追到你家里。美艳的小花注定要终生默默承受无边的寂寞和悲苦……

美铃婚后不久，苦涩的生活就开始了。

先是宫本以前交往过的一些花街柳巷的妖冶女子，不时出现在上山文英堂书店里，引起了松藏的恼怒。最后，松藏忍无可忍，把宫本赶出了书店。接着，美铃又有了身孕。宫本不能留在上山文英堂了，美铃也只好跟着搬出去，在下关市一个偏僻的地方租了间简单的房子，暂时栖居。

生活就像一片"背街的泥泞"。好在有心中的诗歌和肚子里的小宝宝给她带来阳光和温暖，那是她的"美丽清澈的天"。她在苦涩的日子里这样怀念着曾经有过的快乐和微笑："它是美丽的蔷薇色 / 它比罂粟籽还细小 / 当它散落地上时 / 就像焰火噼啪绽放 / 开出大朵的花儿 // 就像眼泪簌簌滑落 / 如果微笑也会这样落下来 / 会是多么多么美啊。"

1926 年 11 月，金子美铃的女儿房江出生了。小宝宝的到来给年轻的母亲带来了安慰和幸福。她一边哺育婴儿，一边继续灌溉她童谣的小花园。就在这一年，她加入了日本童谣诗人协会，成为该协会仅有的两名女性会员之一。

但是，现实生活绝不像婴儿和童谣那样单纯。因为宫本一直找不到工作，美铃和孩子的生活日益窘迫。短短的时间里，他们搬了好几次家，有一阵子甚至只能去往九州熊本县的宫本老家暂住。

更残酷的是，宫本在花街柳巷染上的淋病，竟然传染给了美铃。作为妈妈，她甚至不能和女儿一起泡在浴缸里享受天伦之乐。不仅如此，失去了天良的宫本竟然还粗暴地禁止她写作，不允许她跟文学界的朋友通信和来往。宫本对美铃的家庭暴力，也是从这时开始的。美铃变成了一朵"蛇枕头花"，只能生活在看不见阳光的背阴处。

不能写作，这对金子美铃来说，等于是被判了"死刑"。残酷的命运把她和外部世界唯一的联系，把她个人生活的最后退路，都给切断了！她曾经写过一首《麻雀妈妈》：一只小麻雀被一群孩子捉去了，麻雀的妈妈只能无助地"在屋顶上/不声不响地/看着他们"。在另一首《麻雀和虞美人花》里，她写道："小麻雀死了/虞美人花/还红艳艳地开着//因为她还不知道/可别让她知道了/我们悄悄地经过她身边吧//万一花儿/听说这个消息/她会难过得立刻枯萎的。"现在，她的"小麻雀"就要被扼死了。在暗夜里哭泣的花朵啊，难过得仿佛就要枯萎。

六　月台上的五分钟

美铃写过一首《喜欢一切》，她说："我好想喜

欢上啊 / 这个那个所有的一切 // 因为世界的全部 / 都是上天亲手做好的。"可是,冷酷的命运对她的纯真和善良却视若无睹,连一点点自主和快乐的权利都没有给她。

也许,自她结婚到绝望弃世,这期间最使她感到安慰和给过她希望的,除了她的孩子,就是她私淑多年的恩师——诗人西条八十了。

1927 年夏天,西条八十从东京到九州去做一次演讲,途中要经过下关,他特意约了金子美铃在下关火车站月台见了一面。那也是美铃一直以来的一个愿望。虽然只有短短的五分钟时间,却是两位诗人之间唯一的一面,这也是日本诗歌史上"不死的五分钟"。

美铃去世后,西条八十在《下关一夜——追忆逝去的金子美铃》一文里,写到了他当初接到美铃投稿时的感受:"金子小姐有作为童谣作家最可贵的素质——飞跃的想象力。这一点是别人难于模仿的。"也记录下了当时他们在月台上见面的情景:

"我事先发了电报通知她。黄昏时分在下关车站下车,却怎么也看不见她的身影。时间有限,我拼命地在车站内四处寻找,好不容易才发现她伫立在一个昏暗的角落，仿佛害怕被人看见一般。她看起来二十三四岁的样子，蓬乱的头发，穿着便服，背上背着一个一两岁的孩子……不过，她容貌端庄，眼睛像黑曜石一样闪着深邃的光芒。"

在这次见面之前，他们有过一些文学上的通信。让西条八十感到意外的是，每次写信总有近十页的美铃，一旦见了面却是那么少言寡语，仿佛只有黑亮的眼睛在说话。"恐怕我当时与她交谈的时间还不及我抚摸她背上的那个可爱的婴孩的时间长。"西条八十回忆说。不过，美铃当时说过的一句话，诗人一直记在心里，她说："为了拜见您，我翻山越岭地来到这里。然后还要翻山越岭地回家去。"

时间匆促而短暂，西条马上要走了。"转乘渡船的时候，她在人群中挥舞着白手绢，不一会儿，身影就消逝在混杂的人流中。"诗人没有想到，这短短的五分钟，也是他和金子美铃的永诀。

"这位不幸的女诗人，为什么要这么早地跟人生诀别呢？是什么样的环境孕育了她，培养了她，而后又杀害了她呢？"美铃弃世后，西条这样痛苦地写道。

七　向着明亮那方

美铃在《向着明亮那方》里这样写道："哪怕一片叶子／也要向着日光洒下的方向／灌木丛中的小草啊……哪怕烧焦了翅膀／也要飞向灯火闪烁的方向／夜里的飞虫啊……哪怕只有分寸的宽敞／也要向着阳光照射的方向／住在都会的孩子们啊。"

她善良的心总是向着明亮的那方。可是，生活带给她的，却只有寒冷和黑暗。到了1929年，她的病情已经变得十分严重，有时甚至不能起身，只能躺在床上。

这时候，她唯一能做的事情，就是整理自己创作的那些童谣。婚前她已经在本子上抄写出了《美丽的小镇》和《天空的妈妈》两本诗集，现在，她又把婚后写的童谣抄写、整理出了162篇，取名为《寂寞的王女》。从夏天到秋天，她特意抄写了两套，一套要寄给自己的恩师西条八十，一套要送给正佑。因为她觉得，这个世界上只要有这两个人能理解和善待她的诗歌，她就满足了。

抄写到最后，她在《卷末手记》中写道："完成了 / 完成了 / 可爱的诗集完成了 / 对自己这么说 / 也快活不起来 / 多么寂寞 // 夏天过去 / 秋天已深 /……（呜呼，直到最后 / 没有顶峰就下来 / 山影消于云彩间）// 无论如何 / 虽然知道没有用 / 但在深秋夜灯下 / 一心一味诚挚地 / 写到此时此刻 /……多么寂寞。"

她在守着她的寂寞。因为她的心中还有光明。她还在用最大的善意去想象着、热爱着这个给了她无边的痛苦的世界。

在她生活的那个时代，青霉素还没被广泛应用于医学治疗中，淋病几乎是绝症。除了腹痛、高烧之外，病菌还会进入血液，引起关节炎、心内膜炎、肝炎等。美铃忍受着淋病的折磨，强撑着虚弱和疼痛的身体，照料和陪伴着女儿房江。

这时候，女儿已经三岁了。她发现，小孩子说起话来，就像她心目中的童谣一样真纯、拙稚、好玩，不带任何杂质，胜过世间最珍贵的宝石。于是，她就在一个袖珍本子上仔细记下了女儿说过的一些可爱的话语。她用一位母亲的眼光观察着孩子的天性，用全部的母爱呵护着孩子的每一个细微的举动。

在她看来，只要是孩子说的话，哪怕一点内容也没有，跟"诗"一点也不沾边，但只要是孩子"创作"的，都值得她记录下来。从 1929 年 10 月到翌年初春，在她生命最后的几个月里，她耐心记下了小女儿的 334 句好玩的话语，还给每一句话编了号。例如，"九：红雨伞，小雨伞，是房江的。白雨伞，大雨伞，是妈妈的。""五十：麻雀的家，妈妈麻雀穿蓝衣服，姥姥麻雀穿黑衣服，房江麻雀穿红衣服，爸爸麻雀不在家。"

可是最终，连她最后的这点光明和温暖也消失了。宫本恶习不改，仍然经常在外面鬼混，有了新欢。一再隐忍的美铃为了保护女儿房江，终于忍无可忍，提出了离婚。宫本同意了。美铃唯一想要的是女儿。可是依据当时的法律，孩子只能归父亲所有，母亲没有抚养权。其实，宫本并不是非要这个女儿不可，他只是想以女儿房江为借口，向上山松藏家要钱而已。1930 年 2 月 27 日，美铃和宫本办完了离婚手续。没过几天，宫本向美铃发出了最后"通牒"：3 月 10 日将接走房江。也就是说，美铃从此将失去自己的女儿了。正被淋病折磨得连下床走路都很困难的美铃，已经被逼到了绝望的悬崖边！

3月9日，她陪伴亲爱的女儿玩了一个上午。午饭后，她把女儿托付给母亲，强撑着病体，独自去照相馆照了一张相。回来的路上，她还给女儿买了刚上市的樱花糕。晚饭后在给女儿洗澡时，她轻轻地又哼唱了一遍她自己的妈妈为她唱过的那首摇篮曲，可惜她仍然只记得这样两句了："白银的船，黄金的桨。"

从洗澡间出来，美铃和母亲、继父、女儿一起，分吃了她买回的樱花糕。然后，她送女儿走进母亲的卧室去睡觉。当美铃退出母亲的卧室时，她站在门外看着女儿，轻轻说了一句："她睡觉的样子多么可爱！"母亲和女儿都不会想到，这将是美铃对她们说的最后一句话。

她曾经在《雪》那首童谣里悼念过一只小鸟："在谁都没有到过的原野尽头／青色的小鸟死去了／在很冷，很冷的，黄昏。"在《蚕茧与坟墓》里，她又这样想象过："人要到／坟墓里去／又暗又孤单的／坟墓里去／／然而好孩子／会长出翅膀／变成天使／就可以飞啦。"现在，她准备以这样的心境，一个人飞去了。

她悄悄地回到自己的房间，平静地写下三封遗书，分别给宫本、母亲和继父，还有正佑。她在给宫本的信上写道："你一定要带走房江的话，我也没有法子了。但是，你能给她的只有金钱，而没有精神食粮。我希望她长大后拥有丰富的心灵。"给母亲和继父的信上写着："……请好好照顾房江。我现在的心情，跟今晚的月亮一样平静。"写给正佑的遗书的最后一句是："再见了，我们的选手，勇敢地往前走！"

她把这三封遗书和白天去照的那张相片（那是她给自己照的遗像）的领取证，整齐地放在床边。然后，她安静地吃下了早就准备好的安眠药……

这是一个有月光的、春风习习的夜晚。一代童谣诗人，告别了这个让她无限留恋又无比痛苦的世界。一个清纯、美丽和高贵的灵魂，伸展开洁白的翅膀，向着明亮那方，轻轻飞去了。

我对儿童诗的看法

第二章

享受诗歌的陶冶

——和小读者漫谈诗歌阅读

童年不能没有诗歌

诗歌是点燃人类理想与信念的火焰，诗歌是黑夜里为人们照亮道路的星光，诗歌是黎明时滋润着小草和花朵的露珠，诗歌是播撒在心灵原野上的春雨。因此，文学家们常说：一个人如果热爱诗歌，那么他就会更加热爱生活、热爱世界、热爱生命；而哲学家们说：读诗使人灵秀。

说到底，与诗相连的是人类心灵和社会风气的高尚、优雅与文明。诗，总是和"崇高""典雅""睿智""真情""优美"这些字眼连在一起。那些饱读诗书、心灵里充满诗意的人，会很自然地具备一些不凡的气度。

而一个人的内在气质，又直接决定着他外在的言谈举止，显示着他的教养程度。可见，诗歌不仅关乎个人的气质与教养，也直接影响着一个国家、一个民族、一个社会的精神面貌。

我国古代教育家孔子更是直截了当地强调说："不学诗，无以言。"《论语·季氏篇》里有一节，讲到了孔子有关诗教的故事。有一天，孔子一个人站在庭院里思考问题，他的儿子伯鱼正好经过那里，孔子就叫住他问道："你是否在学《诗》啊？"儿子恭恭敬敬地如实回答说："还没有呢。"孔子感慨道："如果不好好学习《诗》，恐怕你将来连话都不会说啊！"（在孔子生活的时代，《诗经》被称为"诗"或"诗三百"。）

这固然可以理解为孔子强调《诗经》的实用价值，一如他在另一些场合所说的，《诗经》"皆雅言"，通过学习《诗经》，可以"多识于草木鸟兽之名"。但是，孔子这段话更深远的意义，和我们今天常说的"读诗使人灵秀"是一致的。

美国诗人罗伯特·勃莱在他那篇著名的诗论《谈了一个早晨》里，说过这么一句话："诗如果不是从一个国家或民族的土壤里直接生长出来，它的生命力就不会长久。"事实上我们的确已经看到了，这些年来有一些诗人，似乎是不知不觉地从国家和民族的生活土壤上拔出了自己的根，如同镜花水月和无根植物，自绝于读者，进行一种自娱自乐式的写作。有时，我们可以回过头，到那些过去的年代里，重温那曾经有过美好和激情燃烧的阅读记忆了。

时间以及读者们的集体记忆，也许是最好和最可靠的批评家，有着无可争辩的权威：既可以使许多在当时看来是坚实牢靠的荣誉化为泡影，也能够使人们曾经以为脆弱的声望最终巩固下来。时间的雷电、历史的烟雨、命运的风暴，最终所扬弃和摧毁的，只是那些迎风媚俗的诗歌，而那些最优秀的作品，经受住了一次次严格的检验和磨洗而流传了下来，并且被打上了不朽的印记，还将继续流传下去。

有一些诗歌是不容易"解释"的，只能用心灵去默默感受。一首好诗总是内涵丰富，寓意难以界定，难以说清的。因此，每一个读者都需要，而且也只能自己去感受、去认识。这就牵涉到读者自身的水平和素养。尤其是诗的境界、诗的韵味、诗的节奏等所组成的艺术魅力，更是难以用语言来说明。这种审美能力只能依靠自己的努力去逐步提高。通常我们所看到的关于一首诗歌的赏析文字，对读者来说，只能算是一点提示和启发，作为参考而已。

为了更准确地理解和欣赏一首诗，我们有时需要了解它的写作背景。例如我们读臧克家的《老马》，表面上看，诗人是在写一匹老马，表达了作者对老马的同情与怜爱之心，但实际上，诗中的老马也可看作中国农民的象征。这首诗写于1932年，正是国难当头，人民生活在水深火热之中的年月。诗人借物抒情，看上去是写实，实际上是表达了对当时农民命运的深切关注。

再如，读徐迟的《江南》一诗，如果不了解它是写于1949年春天这个时候，很容易仅仅把它当作一首风景诗来欣赏。当时，随着解放战争胜利的进程，全国解放在望。在大军渡江之前，作者奉命去了上海一趟，接受了"在解放军到来之前，维护好家乡地方治安，并保护好粮仓中的全部粮食，以便供应几十万大军过江以后的需要"的任务。领到任务后，他便迅速赶回家乡——江南小镇南浔。当日，坐在火车上，他掩不住自己内心的激动，心头涌出了这首诗。作者说："这是我一生所写的最美的政治抒情诗，虽然里面没有丝毫的'大气磅礴''慷慨激昂'的吓人语言，但在它的深处却是有着石破天惊的重大信息的。"

诗歌往往是浪漫和充满幻想色彩的。可是，我们决不可以怀着完全浪漫的心情去看待生活。诗人何其芳在《生活是多么广阔》这首诗中告诉我们，要准备和习惯"去过极寻常的日子，去在平凡的事物中睁大你的眼睛"。

读诗，也需要发挥一些想象和做一些思考。诗人艾青的那首《我爱这土地》，曾经感动过一代代读者和诗歌爱好者。然而，诗中的"土地"除了原本的意义，是否还有另外的象征意义呢？

诗人戴望舒的《我用残损的手掌》一诗里，"只有那辽远的一角依然完整"指的是什么意思？"这一角已变成灰烬，那一角只是血和泥"，又指的是什么呢？这都需要读者去发挥想象和做一些思考。

在中国现代诗歌史上，曾经出现过多少温暖、感动和激励过读者，几代人都耳熟能详的诗篇啊！《炉中煤》（郭沫若）、《一句话》（闻一多）、《我爱这土地》(艾青)、《我用残损的手掌》(戴望舒)、《有的人》(臧克家)、《我为少男少女们歌唱》(何其芳)、《假使我们不去打仗》(田间)、《歌唱二小放牛郎》(李冰)、《枪给我吧!》(未央)、《甘蔗林——青纱帐》《乡村大道》(郭小川)、《运杨柳的骆驼》(公刘)、《理想》(流沙河)、《祖国呵,我亲爱的祖国》(舒婷)、《乡愁四韵》(余光中)……不是说这里的每一首诗都堪称"史诗",都能够不朽,而是说这些诗在不同的年代里,都曾经闪耀着它们的灼灼光华,为我们照亮过迷茫的前程;在寒冷和灾难的岁月里,它们就像温暖的篝火、浩荡的春风,给我们送来过信心、力量、勇气和无限的慰藉。而且,正是这些记录了中华民族,尤其是中华人民共和国艰辛的成长道路和曲折的心路历程的诗篇,一首首地组合起来,构成了一部具有史诗品格和史诗气势的,足以惊天地、泣鬼神的交响组曲。这些诗都是黄钟大吕,都是噙泪沥血之作,是用黄河、长江的肺活量,用泰山、黄山的云舒云卷和万里长城的壮丽意象唱出的共和国之歌、建设和创造之歌,与整个国家、民族的命运紧紧联系在一起的苦难之歌、艰辛之歌、沉思之歌和伟大的复兴之歌。其中的许多篇章，必将"与史同在"，在共和国的天空里，在一代代人的记忆里，飞翔、传播，直至永恒。

播下热爱母语的种子

我所在的这座城市里，一年一度的少儿诗词朗诵大赛，竟然不知不觉地已经举办了十几届。前不久，适逢中国农历二十四节气中的"白露"，东湖边的一处文化秀场内，童声朗朗，十几名小选手登上舞台，吟诵着各自心目中最美的诗篇，为这座刚刚进入爽朗秋季的城市，献上了一席经典诗词的飨宴。

我曾有幸担任过好几届大赛的评委。身临现场，欣赏过不同年龄段的小朋友们声情并茂的朗诵之后，我想得最多的一个问题就是：我们美丽的母语，在那些古代诗词名篇里，表现出了何其丰富、优美和神奇的魅力！那些或豪放、或婉约、或澄净、或幽深的词汇和诗句，时而音韵铿锵，时而余音袅袅，时而柔情婉转，时而慷慨激越……向我们呈现了一种多么灿烂多姿的"中华诗意"。然而在今天，在我们的家庭和校园里，诗和诗人，究竟在多大程度上介入到了教育之中？中国几千年"诗教"传统的光芒，在今天的校园里和孩子们的童年里，是否还有些许微弱的反光？这恐怕仍然是一个让人牵念的问题。

因此，一项少儿诗词朗诵大赛，能孜孜坚持这么多年，也就格外值得我们欣慰和敬重。这样的朗诵大赛，已经不仅仅是一次朗诵比赛，也不单单是提供给少年们展示才艺的一个平台，更是一种默默的"文化启蒙"和"经典启蒙"，是一种为了彰显汉语的美丽，为了保护我们母语的未来而从事的"播种"与"耕耘"的功德事业。每一场朗诵，都会让那些看上去与诗无缘的孩子，仿佛在一夜间绽露他们的想象、诗心与才华，也唤醒了童心中那些沉睡的诗意，引起了孩子们对真善美的向往与共鸣。

诗人惠特曼有一句名言："有了伟大的读者，才有可能造就伟大的诗人。"他说的不也是这个道理吗？无论孩子们的家庭生活和学校生活多么富足，可是如果不去阅读一些优美的诗歌，不去接受一些诗意的陶冶，他们也就像被夺去了童年最宝贵的财富一样，其损失将是不可弥补的。在他们成长中所获得的所有"教养"之中，灵秀和典雅这两种最重要的素质，将会有所欠缺。

"好雨知时节，当春乃发生。随风潜入夜，润物细无声。"孩子们用天真表达出来的对诗歌的这份"相信"和"信念"，是这个舞台最大的价值。这种价值，不仅属于孩子，也是对所有成年人的一种教育。我赞同这样一个观点：未来，物质与品牌，都无法成为中国人的标识，但我们美丽的古典诗歌，也许足以构成中国人"文化基因"的一部分。

诗歌给我们带来什么

诗人惠特曼在《孩子天天向前走去》一诗中写道：那个每天向前走路的孩子，他只要看到某一个东西，他也许就会变成那个东西。看到的是杂草和阴影，长大了，他心里就会有杂草和阴影；看到的是玫瑰和光明，长大了，他的心里就会有玫瑰和光明。总有某一天或某个时候，他所看到的一切，都将成为他生命的一部分……

在天真无邪、童心灿烂的孩提时期，你给了你的孩子诗歌和童话，他的生命中从此就会拥有诗歌和童话。而诗歌和童话，可能是最适合孩子们接受的两种文体形式了。尤其是篇幅简约、意象优美、富有韵律感和适合大声诵读的诗歌，应该是孩子们童年时代的阳光和雨露，足以起到春风化雨、润物无声的作用。

当我们畅游在人类诗歌的海洋之中，就会惊奇地发现：几乎每一位伟大的诗人和作家，都曾献出过自己最纯净的感情，为孩子们写下优美的诗篇。如斯蒂文森的《一个孩子的诗园》、泰戈尔的《新月集》、米斯特拉尔的《柔情集》、塞弗尔特的《妈妈》等等。这些诗人在成为全人类的文学大师的同时，也成了孩子们所热爱和崇敬的儿童文学作家。这是全人类的孩子所共同拥有的一笔珍贵的精神财富，是一代代文学大师与幼小者的心灵对话，也是一颗颗伟大而深情的爱心对于弱小的生命、对于整个人类的明天与未来的爱护与祝福。这样的诗歌，足以帮助任何一个时代的小读者们敞开胸怀、拓宽视野、润泽心灵，培养起他们对真善美的敏感、敬仰和热爱，使他们获得更多的智慧、想象力和生命的快乐。因此，让孩子们在童年时代多读一些优美的诗歌，应该是所有明智的家长和老师最智慧的选择。

儿童教育家、文学家卢梭说过："植物是通过耕耘获得改善，而人类是通过教养取得进步的。"有一个很好的例子：北京大学附中有一位林芳华老师，多年来一直坚持在学生中间开设"诗歌阅读课"，指导学生们阅读叶芝、普希金、艾米莉·狄金森等人的诗歌。她的工作，被教育界的有识之士誉为"一种伟大的心灵启蒙"。人们欣喜地看到，就连那些看上去与诗无缘的孩子，也在一夜之间绽放了他们的童心之花，展开了他们想象和梦想的翅膀。在我看来，林老师所做的工作，不仅是为了孩子，为了诗歌，更是为了我们的母语和未来。只有当我们培养出了一代伟大的、有素质的读者，我们才能期望拥有同样伟大的诗人和文化。请相信，在那些春水奔腾过的地方，总有一天，我们将看到鲜花的洪流。

国际安徒生奖获得者、俄罗斯儿童文学家和教育家米哈尔科夫，曾专门写过一本关于儿童成长与素质教育的名著《一切从童年开始》，他认为，无论孩子们的家庭生活和学校生活多么有趣，如果他们不去阅读一些美好、有趣和珍贵的诗歌，就像被夺去了童年最可贵的财富一样，其损失将是不可弥补的。他曾回忆自己八岁时记住的涅克拉索夫的诗。他说，过去了很多年之后，这些诗句仍然回旋在他心头，不断唤起他的良知和爱心，像童年时一样。小时候他读过一篇童话诗《马扎依爷爷》，当他也成了作家，还特意跑去看看当年马扎依爷爷搭救可怜的小兔子的地方。

感情优美、主题崇高的诗歌，所涉及的主题几乎涵盖了孩子成长所必需的所有感情成分和优雅素质，如正义、善良、真诚、亲情、幻想、谦让、分享、诚信、专注、担当、奉献、勇敢、自信、友爱、智慧、感恩等等。一方面，美丽的诗歌能给孩子们带来温暖和感动，让单纯的童心感知和接受蕴含在诗歌里的那份崇高、美好和善良，从而获得一些成长的领悟、启迪和抚慰，给他们的生命带来自信、尊严和完善的人格结构。另一方面，诗歌语言上的韵致和美感，也能唤醒和培养孩子对我们母语的亲近、敬仰和热爱之心。

写诗与读诗

曾有一些诗歌爱好者写信问俄罗斯大诗人叶夫图申科，具备哪些品质才能成为一名诗人？对此，叶夫图申科回答说：第一，你必须具有良知，然而仅此不足以成为诗人；第二，你必须具有智慧，然而仅此也不足以成为诗人；第三，你必须具有胆略，然而仅此仍然不足以成为诗人；第四，你必须不仅喜爱自己的诗，而且也喜爱别人的诗，但是仅此也还不足以成为诗人；第五，你必须写得一手好诗，然而即使你具备了上述种种品质，也仍然不足以成为诗人……叶夫图申科这样说，用意是在告诉那些诗歌爱好者，要想做一个真正的诗人，其实是很难很难的。

虽然诗歌写作比一般文体的写作有着更高的难度，不过，作为一个普通人，自觉地去接受诗歌的陶冶，却不难做到，而且十分必要。所以，叶夫图申科又说："我想对我一生中教我喜爱诗歌的人们，表示深深的感激之情——即使我最终没能成为一名诗人，我也会毕生做一名忠实的诗歌读者。"

在这里，我也想对热爱诗歌的小读者们说：不一定非要去做一个诗人不可，但是，热爱诗歌，自觉地接受诗歌的陶冶，做一名合格的诗歌读者，却是非常有必要的。诗歌的陶冶，也就是对整个人生趣味和生命品位的陶冶。

我在前面讲过，诗歌是点燃理想与信念的火焰，是在黑夜里为我们的心灵照亮通向远方小路的明灯、星光和小小萤火虫，是黎明时滋润着小草和花朵的露珠与细雨，是播撒在心灵原野上的金色种子。一个诗人所应该具备的那些品质，对于一个好的读者来说，难道就不应该具备吗？

为什么要大声诵读

诗歌诵读，是一种享受诗歌陶冶的最好方式。校园诵读的文体，首选就是诗歌。特别是在一些节日集会、校园晚会上，诗歌朗诵总是少不了的"保留节目"。美好的诗歌能展示出一种高昂向上的精神风貌和色彩缤纷的大自然之美，呈现出一幅绚丽多姿的，充满了欢乐、渴望、美梦、幻想和许多小秘密的儿童情感世界。它们有的是抒写校园情怀和童年世界的浪漫组曲，有的是与孩子们的心灵对话。美丽的诗歌像一面面明净的镜子，可以让孩子们从中照见自己的影子。

我也期待，在美丽和快乐的节日里，老师和家长们能给孩子们提供更多朗诵的机会和展示才艺的舞台。引导孩子们大声朗诵，不仅可以使孩子在语言、智力方面得到更好的培育和发挥，更重要的是，能使孩子在情感和心理上得到健全的发展。这是因为，大声朗诵可以使孩子们增强自信心，提高他们的表达、交际能力，以及对环境的适应能力。愿甜美和响亮的诗歌朗诵，回响在每一座校园的课堂上、草地上和节日晚会的舞台之上。

当我们爱上诗歌，大声诵读诗歌的时候，诗歌就会发出小小的声音，在我们的心灵里引起回响。它能塑造我们的思想，提升我们的心灵，让我们更加投入地去热爱生活、热爱理想、热爱世界。

我给你们讲一讲格蕾丝女士和她那"甜美的读书声"的故事。格蕾丝出生在美国南方田纳西州一个书香馥郁的家庭，少女时代曾在姨妈们开办的女子学校里接受过严格的教育，纯美的心灵中早就播下了经典文学阅读的种子。1934 年，梦想成为一名歌唱家的格蕾丝，跟随她的中国籍丈夫来到中国，一直生活到 1974 年才回到美国。

格蕾丝在中国生活了几十年，她和家人在这期间经受了许多磨难和悲欢离合，令人唏嘘和叹惋。但我在这里要讲述的，并不是格蕾丝和她的家人的命运遭际，而是他们在混乱的年代里，在坎坷的遭际中，一直保持着和维护着的那种阅读的高贵与尊严。

无论生活怎样动乱不安和局促难堪，格蕾丝和她的子女们都从没放弃一起阅读的习惯。而且，格蕾丝坚持和孩子们一起朗读文学经典。这是她和孩子们之间亲情交流的最美好的内容，也是最温馨的方式。格蕾丝"甜美的读书声"伴随着孩子们成长，就像小时候在美国南方，姨妈们的读书声融入了她的记忆一样。

当孩子们年纪还小的时候，她给他们朗读；孩子们渐渐长大了，他们一起朗读。他们的读书声，盖过了外面世界的疯狂喧嚣。孩子们在朗读声中，不仅获得了对声音的欣赏力，而且也渐渐形成了各自对人生、对生命的思考与理解。格蕾丝的儿子维汉后来回忆说，一遍遍阅读和朗读那些优美的文学作品，"不仅让我有了一种历史感，也让我对人生经历的差异和共性有了更深刻的理解，帮助我把眼光放到了自身之外的广阔世界"。

维汉对那些"甜美的朗读声"的回忆，正好印证了另一位美国人吉姆·崔利斯在他那本讨论儿童朗读的《朗读手册》的扉页上所引用的那几行诗：

你或许拥有无限的财富，

一箱箱的珠宝与一柜柜的黄金，

但你永远不会比我富有——

我有一位读书给我听的妈妈。

吉姆·崔利斯是美国一位著名阅读学研究专家，从1983年起，他在北美各地致力于儿童和家庭阅读教育以及文学与电视传媒环境等主题的研究，面向家长、老师和专业团体演讲，从事文学朗读的普及工作。《朗读手册》一书是他调查研究和巡回演讲内容的集大成者。本书初版于1979年，迄今做过多次增补和修订，被美国数十所教育院校选为教材，是一本关于儿童和家庭朗读，关于学校、家庭和社区公共图书馆的建立，以及如何对待儿童迷恋互联网和电视等问题的指导性的"教育经典"。

正如尼尔·波兹曼所指斥的，泛滥的电视媒体对童年的无限侵害，致使一代人的童年像消逝了一样，吉姆·崔利斯对此也怀有深深的同感。在做了大量具体、可信的个案访问和跟踪调查之后，他认为，世界越来越复杂，儿童阅读能力也越来越令人担忧。而且这不仅是美国一个国家的现实状况，也是世界许多国家所必须面对和相当紧迫的问题。

在第一章"为什么要朗读"的开头，他引用了儿童文学作家格雷厄姆·格林的一段话："或许只有童年读的书，才会对人生产生深刻的影响……孩提时，所有的书都是'预言书'，告诉我们有关未来的种种……影响到未来。"可见，对孩子来说，有一些书，有一些故事，童年时读到了、听到了，也就是永远地读到了、听到了；相反，童年时错过了、省略了，也可能是永远地错过和省略了。它们可能会成为一个人终生的缺失和遗憾。

如果家长能经常为孩子朗读，或者做到亲子共读，这不仅仅能使孩子在语言、智力方面得到更好的培育，更重要的是，能使孩子在情感和心理上得到健全的发展。

《朗读手册》里列举了出生和生活在社会各个阶层、各类学校和家庭，甚至各种性格的孩子，因为朗读而使心理成长变得稳健，使人格和道德观念变得健康和美好的例子。在丰富的案例基础上，作者把这本书分为"为什么朗读""何时开始朗读""朗读的阶段""朗读的要领与禁忌""持续默读——朗读的最佳搭档"等若干具体实用的，带有指导性和可操作性的章节。

然而作者一开始就强调说，这本书并非要教孩子"如何"去阅读，而是要教孩子"渴望"去阅读。因为，"我们教孩子去热爱与渴望，远比我们教孩子去做重要得多"。他认为，"每天朗读15分钟是美国教育的秘诀"，如果能够把孩子们朗读的问题解决好，能够把朗读普及开来，那么大到整个国家和社会，小至一个学校和家庭的问题，都将随之减少。

朗读是一件关乎孩子们一生的事情。因此，《朗读手册》这本书是为所有初为人父人母者、祖父祖母、老师、校长、图书馆管理员，甚至托儿所保育员——
即所有承担着儿童教育责任、承担着引领孩子的心灵
成长责任、也可能将影响孩子一生的选择与去向的责
任者而写的。我想，这本书的读者，当然更应该包括
中国的家长、老师和图书馆馆员在内。因为，吉姆·崔
利斯在书中所谈到的儿童阅读能力不高和阅读量不
足、家庭阅读和朗读气氛不浓等问题，在中国更为普
遍和严重，因此也更需要扭转和改变。愿每一所学校，
每一个家庭，每一位父母，每一个孩子，都能像格蕾
丝和她的孩子一样，让短暂的童年时光里充满更多"甜
美的读书声"。

童话诗的阅读与欣赏

在儿童文学诸多文体当中，童话诗是一种美丽的文体形式。它兼有童话和儿童诗的双重美感，既有童话的幻想之美、智慧之美和故事性，又有儿童诗的抒情之美、空灵之美和可诵读性。

因为童话诗的故事情节一般比较单纯和集中，内容上往往带有不同程度的情感教育作用、成长智慧启示意义或儿童游戏精神，在篇幅上一般也比较短小和简练，语言上多半富有节奏和韵律，所以，童话诗往往是一种最好的、最合适的亲子诵读文体。

在中外童话诗宝库里，我们有幸拥有了许多像珍珠一样闪烁着各自不同光芒的伟大经典作品。经典童话诗的创作者们用美好的智慧、情感、思想、想象力和优美的语言文字，给世界不同民族的一代代孩子，编织了一个个温暖和美丽的诗歌花园。这是我们共同的记忆和文学花园，我们应该世世代代珍惜着它们，守护着它们，并且在这个美好的花园播下新的种子，开垦出新的春天。

这些经典童话诗中，有中国的小读者们耳熟能详的，比如普希金的《渔夫和金鱼的故事》、马尔夏克的《十二个月》、罗伯特·勃朗宁的《哈默林的花衣吹笛人》、A.A.米尔恩的《好小熊和坏小熊》、克雷洛夫的《小树林与火》、斯蒂文森的《哑巴兵》和《小人国》、爱德华·里亚的《猫头鹰和小猫咪》、阮章竟的《金色的海螺》、柯岩的《小熊拔牙》、任溶溶的《一个怪物和一个小学生》、鲁兵的《小猪尼奴》、林焕彰的《小猫走路没有声音》等等。

经典的魅力是永恒的。我相信，只要我们有阅读的耐心，并且愿意怀着一颗敬畏和尊崇之心，轻轻地擦去岁月留给它们的飞灰与尘埃，那么童话诗这盏古老而神奇的"神灯"的光芒，必将愈加明亮。

然而，事实并非如我们所期待的那样。作为一种美丽又具有儿童文学诸多美感特征的文体，这么多年来，就我的观察与感受，童话诗正面临着一种可能"失传"的危机。它几乎成为一种"濒灭"的、最寂寞和最边缘化的文体。

据说，悲剧诗学里有一个古老的艺术命题：越是美丽的，越是容易被伤害和毁灭。童话诗这种文体似乎正蒙受着这种不幸：不仅愿意参与这种文体创作的诗人越来越少，而且新一代的小读者、家长，甚至老师们也未必知道，世界上有一种那么美丽的、属于他们的文体形式，她是童话和诗歌"嫁接"后结出的芬芳果实，她的名字叫"童话诗"。至于愿意发表、出版和传播童话诗的媒介，也如空谷足音。被大家称为"点灯人"的儿童阅读推广者们，似乎也没有意识到有一种属于孩子们的美丽文体即将失传。因此我认为，有必要像保护一种"文化遗产"一样来保护和保存童话诗这种文体。

我是一个童话诗的热爱者，也是一个不太成功的童话诗创作者。我写这篇文章并非要从学术的层面来"研究"童话诗，而是出于一种惋惜和忧患之心，来为一种美丽的文体呼吁一下。

我曾经写过一本书，书名为《童话诗十二月——24堂童话诗阅读欣赏课》，我对童话诗的全部热爱和牵念，就都写在这本小书里了。我是用这本小书，向一种古老而美丽的文体致敬。我也用这本小书，穿越汗漫的时空，向我所热爱和敬仰的经典童话诗人们致敬。

阅读和欣赏中外一些经典童话诗作品，我们会有一个有趣的发现：原来，诗人们仅仅在文体形式上，就早已把童话诗打扮得多姿多彩、千姿百态了。

从形式上看，童话诗有最多见的那种参差不齐的自由诗体形式，也有看上去很整齐的、像小火车一节节四四方方的车厢一样的、非常押韵的格律体或民歌体形式，如阮章竞的《金色的海螺》等，这是中国经典童话诗常常采用的形式。

还有可以分成不同角色来表演的童话诗剧的形式，如马尔夏克的著名童话诗剧《十二个月》。在新年来临前夕，小女王下了一道命令：谁能献上一篮子美丽的雪绒花，就赏赐给谁一篮金子。于是，大雪纷飞的冬夜里，一个可怜的孤女被贪心的后母赶到了白雪茫茫的大森林里，去寻找只有在四月里才能盛开的雪绒花……这个充满斯拉夫民间幻想色彩的童话故事，被马尔夏克演绎得十分优美和抒情，可谓世界童话诗巅峰上的一朵最耀眼的雪莲花。

同样是童话诗剧，柯岩的《小熊拔牙》写得也是十分好玩。说它好玩，是因为可以邀请一些小朋友，大家一起根据童话剧本的规定，分别扮成小熊妈妈、小熊、小兔、小狗、小猫、松鼠、小鸟等角色，来表演和朗诵这篇童话诗。小孩子们可以在表演中获得参与和互动的快乐，体会和分享一种分工和协作的乐趣。

苏联讽刺诗人马雅可夫斯基用他独创的"楼梯式"形式写过一些杰出的童话诗。马氏的这种形式看上去很特别，他的童话诗给世界童话诗宝库增添了一种新的文体样式。如《我这本小书给大家讲讲海洋和灯塔》《在每一页上，不是狮子就是大象》两首童话诗，就是用这种"楼梯式"形式写成的。

任溶溶先生的童话诗名作《一个怪物和一个小学生》，也是用"楼梯式"的形式完成的。这是一位和谢尔·希尔弗斯坦、马雅可夫斯基具有类似幽默气质与谐谑风格的诗人。大家都知道，他不仅是一位老诗人、老作家，还是一位翻译过上百册世界儿童文学名作的老翻译家。他翻译过的儿童文学名作有的来自俄罗斯、法国、英国、德国、美国，还有的来自瑞典、丹麦等北欧国家。有意思的是，谢尔·希尔弗斯坦的幽默诗歌，马雅可夫斯基的儿童诗集，任溶溶先生也都亲自翻译过。我们完全可以这么认为：经过任溶溶先生巧妙的翻译与传达，谢尔·希尔弗斯坦和马雅可夫斯基的童话诗，其实都已经带上鲜明的"任溶溶风格"了。

此外，经典童话诗宝库里，还有一种介于散文和诗歌之间的散文诗式的童话诗。这类童话诗，从文本形式上看，诗人们创造性地把自由体诗、散文和散文诗、童话、童话诗等等元素，都吸收过来、糅合起来，形成了一种十分独特的，既自由活泼，又自具章法的文体。这种文体既有自由体新诗的内在节奏和旋律，又有散文诗的简约形态和散淡的韵致，当然，也涂抹着童话诗的幻想色彩。例如俄国文豪高尔基的那篇著名的童话诗《早晨》。泰戈尔是世界公认的散文诗大师，他的许多童话诗也是用散文诗的形式写成的，堪称散文诗式的童话诗的经典之作，例如《金色花》和《花的学校》。

我曾请著名诗人、老翻译家绿原先生翻译过一本童话诗图画书——奥地利儿童文学作家米拉·洛贝的《晚安秋千》。绿原先生把这种诙谐幽默的风格传达得非常好，引人入胜。在排列形式上，这首童话诗也十分别致。诗行的排列不是左齐，而是一律靠右边排齐。这种形式在中国诗歌里并不多见，也算是童话诗文体形式中比较独特的一种。

我对童话诗的理解其实很简单。我在《我与童话诗》一文中表述过，简单说就是三点：第一，它们必须是"诗"，具有诗性，富有诗歌的感染力，能够发挥对人间的真、善、美的传播作用，能够表现出人间的智慧、勤劳、正直、追求和愿望。第二，它们应该比一般的叙事诗、故事诗多一些幻想的成分和浪漫色彩，应该具有童话的想象力和超现实的特质。对于情节过于曲折复杂、不大适宜入诗的故事，应尽量避开，让其他形式来叙述。毕竟，诗歌的叙事功能相对于其他文体来说，是比较弱的。第三，在语言上，童话诗应尽量朴素、自然、明快、流畅一些，在不影响诗的美感的前提下，多采用一点有情趣的、谐谑的民间文学风格的口语，或许效果更佳。因为传统的童话诗，往往都是从民间故事、民间传说和民歌中脱胎而来的。

我前面提到的那本《童话诗十二月——24堂童话诗阅读欣赏课》，可以说是我对童年时代的那个童话诗旧梦的重温与追寻。我也从内心里真切地希望，今天的孩子、家长和老师们，还有我们的诗人和作家们，都能够喜欢上童话诗这种美丽的文体。我期待着童话诗在某一天能来一个华丽转身。我甚至还天真地想象过，假如某一种文体形式能够对热爱她、关注她和悉心地洞察她的人有所感激和称颂，并且还会在不知不觉中赐予他更多的灵感与激情的话，我期待在童话诗所感激和称颂的名单中，找到我的名字。

2014 年 4 月 2 日，武昌梨园

对儿童诗的几点看法

2018 年"海峡两岸儿童文学交流主题活动暨第四届海峡儿童阅读论坛"把儿童诗作为一个议题，我非常赞成。儿童诗虽然被一些人视为"边缘文体"，但是在我看来，世界上没有渺小的体裁，只有渺小的作家。谁说"小体裁"就不能写出传世杰作呢？

儿童诗，这些年来我写得不太多，但也并不是完全不关注。收到熟悉的朋友惠赠的儿童诗新作，我还是会拜读学习的。

十几年前，我在出版社工作时，曾编辑和出版过一册由老诗人绿原先生翻译的德国儿童文学家约瑟夫·雷丁的儿童诗集《日安课本》。雷丁的儿童诗充满智慧，风趣幽默。他有一首童诗，题目是《用什么写作》：

我的一个儿子

把我的打字机

搞坏了。

"教我现在用什么写作？"

我问他。他说：

"你一贯用什么

就用什么吧。"

"用手吗？"我问。

"用心。"他说，

"如果可能的话，

还用一点脑。"

　　写儿童诗，首先需要"用心"。清澈明亮的句子，应该从真诚的心灵里流淌出来，带着温度，带着明净纯真的感情。然后，也必须"用一点脑"。也就是说，一首优美的、精彩的儿童诗，应该富于智慧，能给小读者带来惊奇和喜悦，应该富有新奇的想象之美和智慧的魅力。"心"和"脑"，也就是感情和智慧，对一首童诗来说，都不可缺失。

　　我发现，当下的儿童诗创作存在一些问题。这只是我个人的感受，也许不是什么问题，而只是与我个人心目中的儿童诗标准有一点距离。简单说，至少有三点——

一是诗人在创作中过于"炫技"，舍本逐末，技巧至上，形式大于内容。这一点，任溶溶先生也曾跟我说过，有些儿童诗，他读起来都觉得吃力，读不太懂，更不要说小孩了。诗言志，诗抒情，诗寓理，诗启智。我觉得这是中国诗歌应该遵循的最基本的东西，儿童诗也不例外。我们不能以强调诗的艺术性和儿童游戏性，还有所谓诗的直觉性、神秘性的名义，过度玩弄技巧，从而掩盖了内容上的贫弱与苍白。尤其是一首写给小朋友读的童诗，你首先不能让他读不懂或读得太吃力。

二是现在大量的童诗，都像有些现代派新诗一样，舍弃了节奏、韵律、韵脚等诵读的元素，大量口语入诗，有的甚至也像一些类型化的儿童文学读物一样，简单地去迎合小孩子喜欢搞笑、恶作剧的趣味，变得"口水化"了。一些小朋友写的口语诗流行了，儿童诗作家也跟着去效仿，那只能把儿童诗的创作水平降得越来越低。我觉得，儿童诗创作，还是要讲究它的诵读之美，应该在节奏感、韵律感上，极力向小读者们呈现现代汉语之美，让他们感受到我们的母语之美。这一点，金波先生用十四行诗的形式来写儿童诗的尝试，我觉得是卓有成效的。歌德说："巨匠总是在限制中表现自己。"金波也用一句话道出了自己对文字和音韵的敏感："我的天性中，素来有渴求韵律的愿望。"他在十四行诗固定的体式、固定的行数和句式、严谨的格律和韵脚、"街头接尾"的限制中，尽情发挥了他迷恋母语、渴求韵律的天性，精心构思，大显身手，使我们看到了儿童文学中极其少见的文体之美和丰富神奇的母语之美。

三是忽视了儿童诗的叙事元素。现在很多童诗，只在乎一点瞬间的巧思，一点琐碎的小情绪、小意象，很少能看到一首比较完整和精彩的故事诗。我过去读过的很多儿童诗，都是短小的故事诗、童话诗，甚至是比较长的叙事诗。老诗人、老作家们为我们留下了很多这样脍炙人口的名篇。高洪波老师出版的童诗绘本套装，就是很好的例子。其实，童诗仅仅靠言志、抒情、哲理，有时并不能吸引小孩子阅读。适当的故事性，加上作家的智慧，可能会让一首童诗变得柳暗花明、引人入胜。例如任溶溶先生、林焕彰先生，还有已故的柯岩老师的一些儿童诗，都很注重故事性，

是非常有魅力的儿童故事诗。美国绘本诗人谢尔·希
尔弗斯坦的诗歌绘本《人行道的尽头》《阁楼上的光》
中，几乎每一首诗都是有趣的故事诗。

2018 年 9 月 15 日，福州

我与童话诗

　　我写童话诗，主要是受了普希金童话诗的影响。少年时代，我在家乡的村小学里念书时，一位从城里来的小姐姐（来我们村"插队"的知识青年）见我勤奋好学，就送了我几本在当时很难见到的小书，其中就有一本带彩色插画的《普希金童话诗》。这本书的封面上画着一只黑猫，正在系着金链的橡树上散步。那是普希金的一篇长篇童话诗《鲁斯兰和柳德米拉》的开头所描写的情景：

　　　　海湾旁有一棵青翠的橡树，

　　　　树上系着金链子灿烂夺目：

　　　　一只猫可以说是训练有素，

　　　　日日夜夜踩着金链绕着踱步；

　　　　它向右边走——便把歌儿唱，

　　　　它向左边走——便把神话讲。

很多年过去了，书的模样到现在还在眼前。后来我查对了一下，那是老翻译家梦海、冯春先生的译本。使我感到荣幸的是，多年以后，我和翻译家冯春先生不仅有了交往，并且还做了他这部翻译名作《普希金童话诗》新版的责任编辑，其中莫非也有某种联系？

在那物质匮乏的年代，《普希金童话诗》成了我最为心爱的"宝书"。它像一团小小的炉火，温暖着我幼小而寂寞的心灵，激发着我童年时代微弱而可怜的想象力。直到今天，我仍可以全文背诵《渔夫和金鱼的故事》等篇什。

在蔚蓝的大海边，
住着一个老头儿，和他的老太婆。
老头儿出海打鱼，
老太婆在家中纺线。
……

这样的诗句是那么朴素和自然，美在有意无意之间流露。这大概就是小说家汪曾祺先生所说的"一个人最初接触的，并且足以影响到他毕生艺术气质的纯诗"吧。

我真正动笔写童话诗，是二十世纪九十年代的事情。1990年，当时还在安徽少年儿童出版社做文学编辑的青年诗人婴草（钱叶用），在编辑出版《中国童话诗库》，来信希望我也能够写几篇。在此之前，我还从来没有想到，更没有尝试过写童话诗。于是，我重新找来了《普希金童话诗》的最新版本。这是我童话诗创作的灵感之源和唯一参照。我一遍遍地读着非常熟稔的《渔夫和金鱼的故事》，读着《神父和长工巴尔达的故事》《金鸡的故事》《母熊的故事》……当我读着它们的时候，我的思绪又回到了我的童年时代，回到了那些寒冷的冬天的夜晚，在一个温暖的土炕上，我躺在被窝里听着老祖母在闪闪的灯花下讲故事的那些日子。

呼啸的大风掠过严寒的北方旷野，它吹向村口，拍打着门窗，老槐树枝在天井里发出吱吱的声响，黑色的影子画在白色的纸窗上，不时地摇摇晃晃。年老的祖母半闭着眼睛，一边搓着那永远搓不完的麻线，一边缓缓地给我讲着那不知道已经讲了多少遍的灯花姑娘的故事、狗尾草的故事、金粪筐与银纺车的故事……说到伤心处，她会叹息着抹起老泪；而说到冗长乏味的地方，她也会不知不觉地打起瞌睡。有时候听着听着，我自己也不知道什么时候睡着了。一觉醒来，但见老祖母依然坐在橘黄色的灯下，不停地搓着她的麻线。到现在我也没有想明白，那时她搓那么多的麻线干什么呢？

我有时也想，这情景不正与普希金在米哈依洛夫斯克村，和他那善良的奶娘阿琳娜·罗季奥诺夫娜一起度过的那些寒冷又温情的日子时的情景很相似吗？普希金曾在一封信中赞美过年老的奶娘给他讲的童话故事："这些故事多么美啊！每一个都是一篇叙事诗……"我觉得，童年时我的老祖母给我讲的那些民间故事，每一个也都是一篇美丽的童话诗。事实上，我的童话诗创作的灵感和激情，就是在这种想象和回忆的氛围中诞生的。我的一些童话诗的题材，也是直接根据记忆中老祖母所讲述的民间故事改写而成的。如前面已说到的《灯花姑娘》《金粪筐和银纺车》《田野上的狗尾草》等等。

我对童话诗的理解，其实很简单。第一，它应该是"诗"，能够发挥对人间的真、善、美的传播作用，能够表现出人间的智慧、勤劳、正直、追求和愿望。第二，它应该比一般的叙事诗多一些幻想的成分和浪漫色彩，应该具有童话的想象力和超现实的特质。对于情节过于曲折复杂、不大适宜入诗的题材，则应尽量避开，用其他形式来写。第三，在语言上，童话诗应尽量朴素、自然、明快、流畅，在不影响诗的美感的前提下，多采用一点有情趣的、谐谑的民间文学风格的口语，也未尝不可。

1995 年 6 月，武昌

走进童话诗的小花园

我很喜欢童话诗这种体裁。我自己也写过一些比较长的童话诗，像《骆驼泉》《海菊花》《小骆驼找妈妈》等，每一首都有好几百行呢。我的童话诗集《小蚂蚁进行曲》，收录的都是那些较长的童话诗。

《雪孩子和蒲公英》这本童话诗集，收录的却是一些短小得就像小拇指一样，有的只有短短的五六行的小童话诗。我记得小时候读过一本短篇童话故事集，书中的每一篇故事都很短小，那本书就叫"小拇指童话"。因此，我把这些短小的童话诗称作"小拇指童话诗"。

篇幅虽然短小，但是我在写作这些小童话诗时，除了诗歌所必须具有的诗意和美感，也尽量做到在每一首诗里，都有一两个具体的形象、一点点故事细节，甚至一两句对话等童话的元素。它们会在五六行、七八行的篇幅里，构成一个完整的故事。所以说，童话诗就是一种童话和诗相互拥抱与融合的美丽的文体形式。它既有童话的幻想之美、智慧之美和故事之美，又有儿童诗的抒情之美、单纯之美和韵律之美。

例如《小野菊》里，就有两个鲜明的形象——"秋天"和"小野菊"，还有小野菊对秋天的几句低语。

再如《一片红树叶》里，就有"秋天的风""橡树爷爷""红树叶"的形象，也有老橡树和红树叶的两段对话。它们的对话，构成了一个短小的故事细节。

还有《热闹的菜市场》，里面有"金色的南瓜""弯弯的菱角""紫色的茄子""圆圆的蘑菇"等形象，它们相聚在菜市场上互相对话，说出了各自的生活场地和生长特点。

童话诗的"故事""细节"和"对话"，往往都比较单纯、简洁和有趣，同时又需要带有"诗意之美"或"哲理意味"。因此，一首优美的童话诗，哪怕再怎么短小，也能带给小读者一些心灵的感动、智慧的启迪、游戏的乐趣，还有优美的语言、新鲜的词句、明快的节奏、和谐的韵律上的美感享受。

还有就是，像这种故事细节比较单纯，篇幅也比较短小的童话诗，写起来不是那么复杂，却又能锻炼作者的观察力、想象力，锻炼作者选择准确的形象、凝练准确和简洁的语言的能力。因此，在我看来，童话诗也是适合小读者们学习、模仿，一起参与创作和诵读的最好文体。希望小读者们一边阅读这些形象鲜明的小童话诗，一边欣赏诗集中一幅幅美丽和富有诗意的插画，也像我一样，爱上和拥有这座童话诗的小花园。

2017 年春天，武汉

时光老人的礼物

　　有一首朗诵诗，我在五十年前的少年时代，多次和同学们一起朗诵过，至今还能背诵全篇。但在很长时间里，我一直不知道这是哪位诗人写的，曾经问过老师，老师也不知道作者是谁。

　　　你把东风带给树枝，

　　　让小鸟快活地飞上蓝天；

　　　你把青草带给原野，

　　　让千万朵鲜花张开笑脸。

　　　你把阳光带给山谷，

　　　让积雪化成淙淙的泉水；

　　　你把细雨带给田地，

　　　让种子闻到泥土的香味……

你把春天带给我们，

这份礼物比什么都珍贵。

人说一寸光阴一寸金，

你比黄金要贵上千万倍！

世界上再没有谁，

比你更慷慨更公正；

你把一年的大好时光，

同样地给我们每人一份。

　　这首诗歌不仅表达了少年们对祖国壮美的河山，对正在建设中的中华人民共和国的高楼大厦和工厂、铁路、矿山的热爱与向往之情，也抒发了少年们对远大理想的憧憬，以及渴望学到更多知识与本领，将来投身到祖国火热的建设行列里去的壮志豪情。此外，诗中也表达了对慷慨无私的时光老人的感念，勉励少年人要珍惜光阴、奋发努力：

三百六十五天，

谁也不多，谁也不少；

就看我们呀——

能不能把你安排得最好。

懒惰的人整天东荡西游，

你就从他身边悄悄溜走，

把一大堆没做完的事情，

一股脑儿丢在他的面前。

糊涂的人整天没头没脑，

你去远了他一点不知道；

人家都在使劲要赶上你，

他总是摇头说还早还早。

我们可不糊涂也不懒惰，

少先队员谁也不肯落后；

因为我们全都知道：

你的马车一去，就不再回头。

工地上成堆的器材和砖瓦，

转眼就变成工厂和高楼；

跨过河流，穿过隧道，
新的铁路每天在往前走。

在祖国的每一寸土地上，
谁都抓住你不肯放松；
只有虚度时光的人，
才会一次又一次脸红。

相信我吧，时光老人，
我们跟往年一样热爱今年，
当每天晚上撕下一张日历，
难道能向祖国缴上白卷？

今年我要叫身体更结实，
因为我是一个未来的工人；
将来下矿井，钻煤层，
难道还能常常闹病？

今年我要学会更多知识，
建设祖国什么全得靠学问；

即使饲养一头奶牛，

没有专门的本领也不行。

　　这首朗诵诗稍微有点长，像那个年代的许多新诗一样，每四行一小节。我们通常是两位或四位同学一起，分角色来朗诵。全诗的收尾一节是：

时光老人呀，请你瞧一瞧，

你给我们的礼物是多么美好！

灿烂的春光一望无边，

祖国的山河到处都在等着我们！

　　现在当然已经知道了，这是老作家袁鹰先生创作于1954年的一首有名的朗诵诗《时光老人的礼物》。这首诗是珍藏在我少年时代里的一段温暖的记忆，也为我的成长起到了润泽和励志的作用。

　　童年和少年时代里，生活虽然十分艰苦和贫困，但贫也不失其志。相反，我倒是牢牢地记住了高尔基在他的自传三部曲《童年》《在人间》和《我的大学》里面写到的一些话："生活条件越是困难，我就觉得自己越发坚强……人是在不断反抗周围环境中成长起来的。"还有，"就是这个社会不容我立脚的时候，我也要钢铁一般顽强地生存下去！"

我记得，在村小学念书时，学校里有个传统：大清早起来爬山、跑步。有时鸡刚叫头遍，天还黑黢黢的，村子外面的山道上，就响起腾腾的脚步声和响亮的哨子声，甚至还夹着一阵阵整齐的口号声，好像部队操演一般。老师带着自己的学生们一起爬山、长跑，天天如此。尤其是在数九寒冬里，即使不穿棉袄，不戴棉帽子，照样可以跑得大汗淋漓、热气腾腾的。

等到进了中学，我已经觉得，自己不仅身体正在迅速地发育、长高，而且内心里也隐隐升起了一些梦想和抱负，也许正是这些梦想和抱负，使我自觉地热爱起自己的身体和生命来了。那时候，我的课桌里面常常贴着自己用毛笔写的毛泽东的两句诗："自信人生二百年，会当水击三千里。"我也时常在作文里引用奥斯特洛夫斯基那段名言："人的一生，应当这样度过……"以此来激励自己。我的周身涌动着的，是一个贫穷的乡村少年的殷殷热血。

在家乡的联合中学念书时，学校几乎每个季节都要进行一次"军事化"的长途拉练行军,一走就是上百里。水壶、干粮袋、红缨枪,还有鼓动队的喇叭筒等等,都要带上,个个全副武装,沿途歌声、口号声、军号声不绝于耳。有时半夜里驻校的同学就把拉练的命令传到了各个村庄,无论是细雨霏霏还是大雪纷纷,我们都会听从每一个号令,从不给自己的班级丢脸,即使是脚板上起了血泡也从不叫苦。只要集合号一响,"多严峻的战斗,我们也不会退后!"就像王蒙在《青春万岁》那首序诗里写的那样,"是转眼过去的日子,也是充满遐想的日子,纷纷的心愿迷离,像春天的雨。我们有时间,有力量,有燃烧的信念,我们渴望生活,渴望在天上飞……"

这就是那时候的我们。虽然单纯、幼稚、懵懂,年少气盛,但有的是理想和热忱,一个个都是十足的理想主义者和英雄主义者。我还记得,有许多次,仿佛要有意试一试自己的意志和胆量,我和几位要好的同学一道,在翻江倒海般的暴风雨中,沿着大青山古道骄傲地奔跑着。我们一边疯狂、漫无目的地奔跑,一边挥动着双臂,"呦喵喵"地呼喊着,好像每一个人都和大自然的风雨雷电融成了一体,暴风雨中的一切声音，都化作我们生命的声音。我的周身，既充满了力量也充满了胆量，我们大声地呼喊着："让暴风雨来得更猛烈些吧！"而当暴风雨停住，大地重新归于平静的时刻，我们就会像一群胜利者一样，一起站在高高的、天清气爽的山巅上，遥看远处大团大团飞涌的白云，还有那依稀可见的迷人的海光；聆听着一阵阵如同交响乐一般的林涛的奏鸣，心中似有万种神秘的激情在冲撞、荡漾。这时候，我们又会对着远处的山谷，对着辉煌的落日，高声地朗诵起我们喜欢的诗篇，如高尔基的《海燕》、毛主席的《沁园春·长沙》《七律·长征》，还有那首《时光老人的礼物》。

是啊，谁不是从少年气盛、壮志凌云的日子里走过来的呢？有谁已经被时光老人逐出青春时期很远很远了吗？那么，从这些诗歌中，也许可以找回往昔风华正茂的少年壮志，重新感受到那苦寒中的年轻的生命力的色泽与芳华。

康·帕乌斯托夫斯基在他的《金蔷薇》里说："对生活，对我们周围一切的诗意的理解，是童年时代给我的最伟大的馈赠。"这份馈赠，也是时光老人送给每个人的最好的礼物。因为，"三百六十五天，谁也

不多，谁也不少；就看我们呀——能不能把你安排得
最好"。

2021 年初秋，梨园

从童谣中感受母语之美

秋风起了，天气凉了。

蟋蟀蟋蟀，跳过墙了。

树叶落了，菊花黄了。

蟋蟀蟋蟀，躲进房了。

窗户关了，露水凉了。

蟋蟀蟋蟀，想上床了。

不少小朋友、家长和老师，都很喜欢这首短小的童谣。有的小朋友还问我：这首童谣，你是怎么写出来的呀？现在我就来谈谈，我是怎么写出这首童谣的，为什么要写这首童谣。

大家都知道，蟋蟀这种小昆虫，不仅非常可爱，而且还是中国古代文学作品里的"文学明星"，从中国的第一部诗歌集——古老的《诗经》，到汉代的乐府诗歌；从叙事诗名作《木兰辞》，到唐诗、宋词，到清代的《聊斋志异》这样的小说故事里，我们都能找到蟋蟀这种小精灵的身影，听到它们优美的声音。

蟋蟀就像是昆虫界里技艺高超的"小提琴手"。不过，千万不要以为它是用嘴发出动听的声音的。不是的，那美丽的音乐，是小蟋蟀用一只翅膀当琴弦，用另一只翅膀当弓，相互摩擦发出来的，"噍——噍——噍——"琴声多么响亮，仿佛金属片发出的声音。如果是夏天和秋天的夜晚，在井台边，在草丛里，在天井里，或者在竹床下，你都可以听到蟋蟀的音乐声。许多蟋蟀一起合奏时，那音乐的节拍准确得就像训练有素的乐队一样。

蟋蟀做起窝来非常简单：找一片树叶卷起来，用嘴里吐出的丝把叶子边粘上，它自己就可以躲在里边奏起乐曲来了。天气越热，蟋蟀演奏的乐曲节奏越快。《诗经》里有一首《豳风·七月》，里面写道："五月斯螽动股，六月莎鸡振羽。七月在野，八月在宇，九月在户，十月蟋蟀入我床下。"

这里面有一个自然小常识，即蟋蟀的生活特性和规律：根据古代的历法，蟋蟀们七月喜欢在野外活动，八月就来到屋檐下，九月又进门口，十月就会躲到人家的床底下了。这说明，蟋蟀这种小虫很怕冷，天气一凉，它就逐渐从户外移到室内来生活了。所以，我们秋天里躺在床上还常常听见"喔——喔——喔——"的叫声。

我的《蟋蟀小谣曲》就是从《诗经》里的这首诗歌获得了灵感，再加上我自己的观察和想象，最终写成了这首童谣。

我是希望，小朋友通过诵读这首短小的童谣，一是可以知道，蟋蟀这种小昆虫的生活特点，懂得一点自然科普知识；二是可以通过小小蟋蟀，初步感受到生命的美丽、灵动与可爱，激发小朋友对大自然的好奇之心，对大自然和小动物的热爱与保护意识；三是还可以进一步，通过小小蟋蟀，去感知到一点中国的传统民俗之美，感知到一点中国一代代人心中的"乡愁"。就像诗人流沙河在他的诗歌名作《就是那一只蟋蟀》里写到的："就是那一只蟋蟀，在《豳风·七月》里唱过，在《唐风·蟋蟀》里唱过，在《古诗十九首》里唱过，在花木兰的织机旁唱过，在姜夔的词里唱过……

就是那一只蟋蟀，在你的记忆里唱歌，在我的记忆里唱歌……想起月饼，想起桂花，想起满腹珍珠的石榴果……想起雁南飞，想起田间一堆堆的草垛，想起妈妈唤我们回去加衣裳，想起岁月偷偷流去许多许多……"所有这一切，只是因为："中国人有中国人的心态，中国人有中国人的耳朵。"

此外，我还有一点想法，就是希望家长和小朋友们一起诵读的时候，能通过这些既清浅单纯，又朗朗上口的押韵的短句，让小朋友们从小接受一种"纯诗"的诗教，感受和体会到我们的汉语之美，进而去热爱我们自己的母语。因为中国古代大教育家孔子早就告诉过我们："不学诗，无以言。"意思是说，如果你从小不能学会读《诗经》，读诗歌，那你长大了，恐怕连话都说不好呢！更何况，无论是从古老的《诗经》还是现代的诗歌和童谣里，还能懂得许多草木鱼虫的知识，学到丰富的自然科普知识呢！

2018 年 11 月 20 日，沙湖

一本儿童诗集的回忆

海明威有一部小说名著《太阳照常升起》，丁玲的小说名作叫《太阳照在桑干河上》，刘白羽有一本长篇小说名为《第二颗太阳》，当代小说作家邓一光的一本长篇小说名为《我是太阳》，儿童文学作家王璐琪有本儿童小说，名为《给我一个太阳》。这些书名里因为有太阳，都显得比较明亮和响亮。

我也有一本儿童诗集，名叫《少年人的太阳》。它本来应该成为继《歌青青·草青青》（1989 年）、《我们这个年纪的梦》（1990 年）之后，我的第三本书，这个书名我自己也还比较喜欢。可惜的是，这颗"小太阳"当时没有升起来，而且被我自己尘封了近三十年。"书有自己的命运。"这本儿童诗集的故事，算是又一个例证。

二十世纪八十年代和九十年代，是我创作儿童诗最多的一个时期。1990 年前后，我把自己的儿童诗编成了三本诗集:《歌青青·草青青》《我们这个年纪的梦》《少年人的太阳》。"初生牛犊不畏虎。"我选了当时在我心目中属于"国家级"的两家少年儿童出版社,即中国少年儿童出版社(北京)、少年儿童出版社(上海),再加上本地的湖北少年儿童出版社,分别寄出了这三本书稿。

幸运的是,这三本诗集先后都被出版社接受了。《歌青青·草青青》1989年由中国少年儿童出版社出版。《我们这个年纪的梦》1990年由湖北少年儿童出版社出版,这册儿童诗集,后来还被列入了"百年百部中国儿童文学经典书系""百年经典——中国青少年成长文学书系""全国优秀儿童文学奖·大奖书系"等丛书,出版了好几个版本。可是没想到的是,《少年人的太阳》这册诗集却命运多舛。说起来,这真是一个挺曲折的故事。

创作这本诗集的时候,我还是一个二十来岁的年轻人,被文坛称为"青年诗人"和"校园诗人",现在,满头的乌发已经变灰,似乎也不再能写出像《少年人的太阳》这样充满蓬勃的朝气、散发着茁壮的成长力量的少年诗篇了。

本来，这本诗集在少年儿童出版社（上海）已经发稿、排版和校对完毕，即将出版了。当时，少年儿童出版社总编辑、著名作家任大霖先生还亲自给我写了一封信，表达了他对这册诗集的欣赏，写了一些鼓励的话给我；上海的老诗人圣野先生，还为这本诗集写了一篇热情洋溢的书信体序言《太阳，将从我们手中升起》。不久，这篇序言就在1990年10月20日的《文艺报》上发表了。资深编辑周基亭先生和一位年轻的女编辑郎弘，担任这本书的责任编辑；著名插画家庄俊豪先生为这本小书做了装帧设计，画了黑白插图。连这本书的书号和2.70元的定价，都已经出现在版权页上了，真可谓"万事俱备，只欠东风"。

然而，在三十多年前，二十世纪九十年代初期那些年份里，纯儿童文学的出版陷入了困境，许多新书在新华书店的征订数字，可能只有区区千把册。我这颗"少年人的太阳"，不幸也陷入了难堪的"征订数字"的泥淖，最终没有升起来，白白辜负了圣野先生在热情洋溢的序言里的一番美好的期许："太阳，将从我们手中升起。"

1993年秋天，已经成为我挚友的责任编辑郎弘，将要赴美定居了。去国前夕，她大概预感到这本小书付型有日而出版无期，所以就请示了社领导，给我支付了一笔稿酬，作为未能出版的"补偿费"。那个时候出书还处在铅字排版时代，细心的郎弘还特意跑到印刷厂，为我刷出了一套包括版权页在内的完整的单面清样，作为纪念。感谢郎弘小妹的周到与细心。如今，不见郎弘也已经有三十年了吧？她做这本书的编辑时，还是一个刚从大学毕业的小姑娘，如今在大洋彼岸，她已经是一位有两个孩子的妈妈了，真诚地祝愿她和她的家人生活得幸福美满！

这本未能出版的儿童诗集的清样，我当然要好好保存着，作为永久的纪念了。可是，正是出于"要好好保存"的心理，结果，我把它保存到了最终连我自己都找不到的地方去了。从此，这本小书的清样就被我自己"尘封"了。

后来，随着时光的流逝和推移，我也渐渐失去了翻找它的耐心。好在我还保存着一些历年来发表的作品的剪报，曾经编入这本儿童诗集的作品，只要我能记得的，后来也陆续收入了别的集子里。

直到2015年的某一天，我在寓所地下室的房间里清理旧物，意外地翻找出了一小箱旧书信和旧文件，这才看到，那份久已"失散"的《少年人的太阳》的清样，赫然也在其中。这真令我有点喜出望外的感觉。我在前面之所以还能把责任编辑、装帧插图、定价等等说得那么清楚，不是我的记忆力有多么好，只因为重新看到了这份清样中的那页"版权页"。

有了这份失而复得的清样，我把这本小书从头至尾通读了一遍，就像重新回到了童年时代，重新返回了在中学校园的日子一样。我应当承认，像这样青葱、清新和明朗的，如同闪耀着莹莹露水光芒的草叶一样的小诗，我现在真的是写不出来了。

创作这些儿童诗和少年诗的时候，我正处在既多愁善感，又心比天高的年龄，借用诗人余光中先生的一句话说，就是"看花谢也惊心，听猫叫也难过"的年龄。有的是热情，有的是梦想。而且，当时我为自己设想的读者对象，主要就是"小读者"，包括小学生和进入中学时代的少男少女们。但那时候没有想到，童年时代堆起的雪人，是最纯洁的，也是容易融化的。

大江日夜流淌着。在时间的波涛上，每个人都是匆匆的旅人，谁的生命也不能涉过同一条河流。也正因此，生活中便有许多使人追念和留恋的东西，即使是朦胧和短暂的，也足可珍贵和敬惜。它们是我们生命中永远的乐音，是心灵里永不凋谢的花朵，是从生活的沃土上生长出来的最接地气的抒情诗。那么，当少年人的太阳升起之后，当灿烂的春花和夏花开过之后，我还能够看到自己在秋阳之下从容的微笑吗？

圣野老师在序言里，按照当时的习惯，称我为"徐鲁同志"。今天的少年读者和年轻人看了，也许会有几分诧异，因为现在大家互相之间都改称"先生"或"女士"了；但在三十年前，"同志"可是一个最平等、最亲切乃至最为尊重对方的称谓。希望今天的小读者们能够理解我们这一代人曾经有过的经历和故事。

感谢年轻一代编辑韩璐老师向我约稿，使这本"尘封"了三十年的儿童诗集，终于有了重新与小读者们相见的机会。韩璐在北京工作时，编过我的一部儿童诗选集《美丽的愿望》，可惜那时没有机缘认识。我给她讲了《少年人的太阳》这本诗集前前后后的故事，她在发给我的短信里说："这本书存放了三十年而没有出版，或许，它就是在等待与某一个编辑的相遇吧？这也许是冥冥之中的缘分？说不定，您也是一直在默默等待，等待有那么一天，让它重新回到三十年前的那个地方。这本书如果最终还是由上少社出版，那是多么神奇的缘分啊！"

承蒙韩璐的美意，我从原本编进《少年人的太阳》里的作品中选了未曾面世的一小部分，加上近几年的一些新作，重新整理和编辑成集，权当再来一次童年吧。浙江师范大学教授、著名翻译家和诗人韦苇，为上海《文学报》写过一篇谈论我的文章，其中谈到了我与故乡的关系。征得韦老师同意，这次也将这篇文章收入本书中，帮助小读者们了解作者的创作心路。

这也是我平生第一次在上海少年儿童出版社出书。借着这本书的出版，我也向当年热诚地扶持过我、给过我不少鼓励和爱护的上少社的编辑老师们，献上我深深的感谢。他们是：任大霖、圣野、鲁兵、沈碧娟、郑开慧、周基亭、秦文君、朱效文、任哥舒、郎弘……可惜的是，他们有的已不在人世了，有的早就退休，有的生活在异国他乡。但是，延安西路1538号，这个优雅、宁静的绿荫郁郁的小院，一直是我们这一代作者温暖的文学回忆，也是永难忘怀的青春记忆。

2021年8月20日，写于武昌梨园

太阳升起之后

感谢尊敬的金波老师、高洪波老师和各位诗人、评论家朋友，在百忙之中抽出时间，舍弃周末休息日，参加这个线上讨论会。这不仅是对上海少年儿童出版社工作的倾情支持，更是对我和学员的真诚鼓励和加持。仔细地聆听了各位的发言后，我内心十分感动，甚至眼睛都潮湿了。各位老师和朋友在儿童诗、儿童文学领域非常专业，很多点评和建议，对我很有启发和帮助，我能够心领神会。讨论会时间虽短，但我感到，这既是一场十分专业的、充满真知灼见的儿童诗研讨会，也是一场友情怡怡、如沐春风的友情恳谈会。

金波老师是我敬慕的恩师和温情脉脉的长者，也是一直在默默引导我前行的一位像北斗星一样的诗人和引路人。三十多年前，当我还是一个文学青年时，金波老师，还有高洪波老师，就是儿童诗领域里偶像式的诗人了。记得大学刚毕业后，我在一所县城中学里教了几年高中语文，也担任班主任。当时手上有金波老师一本早期的歌词集《林中的鸟声》和一本《金波儿童诗选》。那时候我每周都会在教室后面的黑板上，给少年学生们抄写一首《林中的鸟声》里的诗，然后我们一起朗诵和仿写。现在回忆起来，真是无比温暖，令人怀念。我二十来岁刚学习写诗时，曾报名参加过《诗刊》社办的诗歌刊授学院。那真是一个诗歌和文学的年代，每一期学员都是数以万计。当时诗刊社安排给我的指导老师，就是高洪波老师。他在三十年前就一首一首地给我批改、点评过诗歌作业。还有今天也在线上的诗人、老朋友刘丙钧老师。可能有的年轻朋友对他不太熟悉，他不仅是二十世纪八十年代《儿童文学》杂志的诗歌编辑，也是一位优秀的儿童诗诗人。他的儿童诗集《绿蚂蚁》、金波老师的《在我和你之间》和我的《我们这个年纪的梦》，一同获得第二届全国优秀儿童文学奖。1991年那一届获奖的诗歌类作品就这三部，我很自豪，和金老师、丙钧曾经是"同科进士"。《少年人的太阳》里有不少诗歌，当年就是经丙钧老师的手在《儿童文学》发表的，所以我也非常感谢丙钧到场加持。

这些往事，跟《少年人的太阳》这本诗集里的一些稚嫩的小诗，都出现在同一个时期，出现在我二十来岁的时候。所以，上海少年儿童出版社和韩璐老师，能像打捞旧年的沉船一样，让这本儿童诗集重新浮出时间的水面，我的感激是无以言表的。

　　关于这本诗集本身，我要说的一些话，都写在书末附录的那篇《一本儿童诗集的回忆》里了。萧萍老师是我从青春时期直到今天都很要好的诗友。她说这本诗集是我的"青春未央歌"，"那些句子有着原生态的少年激情，甚至青涩，但是那么火热青葱"，真是一眼千秋，看得很精准；她又说，这本诗集在过了三十多年之后，能在上海出版，"这也是回到初心和原点的意思，是冥冥之中的默契，实质上凸显的是中国儿童文学历史中上海儿童文学重要的位置和担当。"我也十分赞同，这其实也表达了在场的每一位朋友的心声，那就是对上海作为中国儿童文学的摇篮和重镇的致敬！无论是儿童文学创作、编辑出版，还是儿童文学研究，上海依然是光芒四射的地方。

　　《少年人的太阳》固然是一本再生之书、回望之书，但是我接受了韩璐的建议，把一些近年来的新作也选编了进去，把它变成了一阕跨越了三十年时光，接通了昨天、今天，面向未来的抒情之歌。太阳每一天都是新的，更何况是少年人的太阳。为少年儿童歌唱的儿童诗事业，无论在哪个时代，都如初升的朝阳，富有喷薄的力量和穿透云层的光芒。

在这里，我还要感谢我的合作者须臾老师。文学界、媒体界的老师们可能对她不太熟悉。须臾在图画书领域是一位偶像级的插画师，在意大利博洛尼亚学习插画多年，师出名门，且拥有很多"粉丝"。我认识的一些年轻插画作者知道我和须臾有合作，都很羡慕。不是羡慕须臾能与我合作，而是羡慕我有与须臾合作的机会。在《少年人的太阳》之前，我和须臾合作过一本图画书《远方》，是明天出版社出版的。我也希望通过这次研讨会，须臾能与儿童文学界更多的作者合作。最后，再次感谢金波老师和各位作家、评论家、阅读推广人、媒体的朋友；感谢冯杰社长、小新总编辑和出版社的各位编辑朋友，为筹备这场研讨会付出的辛苦努力。

2022 年 9 月 4 日，于武昌梨园

早春的草叶

　　1980 年，我在武汉师范学院咸宁分院中文系念书的时候，有幸听过著名语言学家、北京大学教授唐作藩先生的一次学术讲座，至今难忘。唐先生是汉语语言学大师王力先生的弟子，当时我读过王力的《龙虫并雕斋文集》《诗词格律》，曾向唐先生询问过"龙虫并雕斋"的意思。

　　那个时候，我除了狂热地迷恋着文学，还对语言学和音韵学产生了兴趣。也许，这两方面的爱好原本都是为了一个理想：有朝一日能成为一名诗人。总之，当时我已不满足于阅读王力先生那本有名的《诗词格律》的小册子，竟然不知天高地厚地买回了他的另一部像砖头一样厚的《汉语诗律学》啃了起来。

　　现在想来，这无异于蚂蚁啃骨头，真是"初生牛犊不畏虎"。不久后，我还学着写起了关于音韵问题的小文章。现在能找到的我的第一篇在公开刊物上发表的习作，既不是诗歌，也不是散文，而是一篇谈论诗歌双声叠音的小评论《叠音词的巧妙运用》，发表在当时颇有名气的文学杂志《汾水》月刊（1981年第5期）的一个名叫"艺林折枝"的专栏里。在这篇小文章之后，我又陆续发表了几篇关于诗词格律、修辞和汉语音韵的评论短文，大多发表在当时《咸宁报》的"映山红"文艺副刊上。有一篇较长的约4000字的诗学笔记《关于通感的笔记》，发表在《书窗》杂志"诗歌特大号"上。如果说，这些文章还有点"价值"的话，它们最直接的价值，是为当时的一个贫穷的学生换回了不少买书的零用钱。我当时买的《莎士比亚全集》《约翰－克利斯朵夫》《红与黑》《九三年》，还有《历代诗话》《人间词话》等名著，靠的都是这些谈汉语音韵和修辞的小文章换回的三元、五元的稿费。

我的第一首儿童诗《悄悄话儿》，发表在上海《儿童时代》（半月刊）1981年某一期上。惭愧的是，那一期目录上没有出现我的名字，我的那首小诗被编在一个内容相近的诗辑中，目录上的作者名字只有"圣野等"的字样。人微言轻，这一个"等"字，把我给

"等"掉了。好在正文中我的名字和那首习作赫然在列。诗很短，也很蹩脚，只因为是我最早的一首儿童诗，所以我一直保存着那一期薄薄的《儿童时代》。她是我儿童文学创作的一片最初的草叶，虽然稚嫩，虽然拙朴，却也带着早春晶莹的露珠和清新的气息。我的儿童文学之路，是从这一首小小的童诗开始的。几个月之后，1982年5月，在我即将从师范学院毕业，正在鄂南一所中学实习的时候，一本崭新的《布谷鸟》杂志寄到了我的手上。我的一组抒情小诗《一束小山花——一个青年教师的手记》发表了。我自己觉得，这组抒情小诗比《悄悄话儿》写得要漂亮些了。例如第二首《夜莺在歌唱》：

　　　　黄昏收拢了飞鸟的翅膀，

　　　　夜莺却在深夜的星光下歌唱。

　　　　她唱着，歌声充实了多少人的美梦，

　　　　她唱着，歌声里充满对时光的渴望。

　　再如第四首《播种》：

听窗外春雨匆匆的脚步，

我思念那冬天里荒废的土地。

走吧！我们立刻就去播种，

否则，我们又将收获叹息，

并且咽下悔恨的泪滴……

现在看来，这些小诗显然还带着二十世纪八十年代初期大地回春、万木葱茏，思想的冻土正在松解的时代精神。

1987 年，我把已经发表过和尚未发表的一些校园抒情诗歌，也是我诗歌创作最初阶段的一部分作品收集起来，选了 68 首短诗，编成了自己的第一本诗集，题为《歌青青·草青青》，寄给了当时在我心目中出版儿童图书的最高级别的出版社——中国少年儿童出版社。

幸运的是，我碰上了两位极其热诚和负责的编辑出版家。一位是著名儿童文学作家王一地先生，当时他是中少社的领导；另一位是谷斯涌先生，也是一位著名的儿童文学作家和编辑家。几乎没费什么周折，我很快就收到了该社拟出版我这本校园诗集的通知。

谷斯涌老师是一位资深的文学编辑，与北京儿童文学界的作家们都很熟悉。他在回信上列了几个名字，我记得有邵燕祥、袁鹰、韩少华、韩晓征、樊发稼等，他说可以由他出面去约请其中一位，为这本诗集写一篇序，人选由我来选定。虽然我在心中对邵燕祥、袁鹰、韩少华、樊发稼这些著名诗人、作家是那么景仰与向往，但我犹豫再三，觉得自己的诗实在不配请名家作序，最后我选定了当时还在北京二中念书（不久考入了北大中文系）的少年作家韩晓征，觉得请她来为这本校园诗集写序也许更合适。

晓征的父亲是著名散文家韩少华先生。晓征当时已经发表了中篇小说《夏天的素描》等少年文学作品，在全国中小学生中风靡一时。她不久就写出了题为《挚爱与怀念》的序言，这是一篇清新的美文。那时候复印机还没普及，细心周到的谷老师特意手抄了一份寄给我，让我先睹为快。

1989年11月，我的第一本诗集，这一束早春的青草，带着晶莹的露珠问世了。封面上还特意标上了"中学校园诗"五个字。谷老师为诗集写了一段充满鼓励意味的内容提要："收在这个集子中的68首诗，是年轻诗人抒写校园情趣和中学生活的短章，有美好的憧憬和热切的向往，也有挚爱的情意和缠绵的思念……诗集像一面镜子，可以让中学生读者从中照见自己的影子；也可以帮助家长和教师了解学生与孩子的心灵，在他们之间架起一座沟通思想感情的桥梁。"

诗人惠特曼说他的《草叶集》是一丛"柔弱的草叶"，也是一丛"茁壮的草叶"。我的这本写在早春时节的小书，也是我最早的柔弱的草叶，更是我植根于真实的心灵和情感之中的茁壮的草叶。小书出版时，中国出版业尚处在铅字排版时代，封面设计也处在两色或三色套印阶段，装帧和印刷上的简陋与朴素自不必多言。收入68首诗，定价也只有1.35元。然而这本书却是我个人文学创作生涯的"奠基之书"，也是我在文学之路上迈出的第一步。

选入这本诗集的篇目中，大约有二十几首诗，以《十四岁的天空》为题，以组诗的形式，发表在《人民文学》《诗刊》《萌芽》《青年文学》等杂志上，算是我儿童诗的"代表作"，如《冬日的夜晚》《冬天》《从春天走过》《早安，朋友》等。《早安，朋友》在《诗刊》发表后，被选入了《中国现代诗歌散文欣赏》

等多种教材、教辅和新诗选本，还被西南师范大学中国新诗研究所的诗评家列为 20 篇"中学语文教材新诗推荐篇目"之一；《大地巨人》《美丽的愿望》被选入了鄂教版小学语文课本；《每一个孩子都有一条自己的小路》被选入了中国台湾地区的小学语文课本。

为这本小书做装帧设计的，是一位年轻的美术编辑刘静先生，那时我是文学青年，刘静也是设计新人吧？时间过得真快，一晃竟然就三十多年过去了，刘静如今已成为书籍装帧设计界赫赫有名的艺术家。这估计是谷斯涌先生当初也没想到的吧。

2020 年，在全国抗击新冠肺炎疫情期间，围绕着《歌青青·草青青》这本小书，还发生了一件"三十年后的重逢"的故事。

2020 年 3 月 5 日，我写的一篇战"疫"书简《不要哭泣，请点起篝火》发表后，湖北电台"湖北之声"节目特意邀请演播艺术家白钢播送了全文。接着，山东省的一位主播晨阳和其他一些平台，也播送了此文。全国各地不少听众，特别是一些家长、老师和小朋友，都收听了这篇故事。很多读者和听众都在微信圈里转发和点赞。

有一天晚上，一位在出版社工作的美术编辑，突然转给我一段微信截屏。原来，他转发了这篇文章后，有一位署名"M羊羊"的读者，写了这样一段留言：

　　"在我十三岁那年暑假，我和爸爸一起坐船从武汉到南通，在船上偶遇作家徐鲁，几天的相处很开心，临分别前他送了一本他的诗集给我。这本诗集照亮了我的整个少年时代！"

　　这段留言让我有点惊喜，但也有点迷茫。我一下子记不起来这究竟是怎么一回事了。这位美术编辑告诉我说，"M羊羊"是他一个学生的妈妈。不一会儿，他就转来了这位妈妈的微信名片。互相添加了微信，经过一番交谈，我才弄明白事情的原委。

　　原来，这位妈妈真名叫杨洁琼，是三十年前的一个夏天，我在旅途中邂逅的一位小朋友。现在，她就在武汉，是一位身穿防护服的"逆行者"，正日夜奋战在社区的抗疫一线上。

　　她从微信里意外看到了我的这篇文章，十分惊喜。没想到，当时我们都身在疫区，都在各自的岗位上用各自的方式一起抗疫，而且还能意外"重逢"。在后来的微信交谈中，她慢慢帮我回忆了一番，还告诉了我一些后续的故事细节。

　　三十多年前，1990 年，我还在鄂南幕阜山区工作。那年夏天，我从鄂南回了一趟山东胶东老家。当时要回一趟老家，路上差不多要走一个星期的时间。从鄂南坐一天的长途汽车到武汉，从汉口的码头坐"江汉3号"江轮，在长江上行驶三天三夜后，才到上海。这段水路所费的时间，几乎跟"白衣天使"甘如意四天三夜的风雨骑行相似。到了上海，还要等待海轮。从上海十六铺码头上船，乘海轮到青岛后，再从青岛乘汽车到即墨县城，然后换坐通往乡村的客车，才能回到我童年时代的那个离大海不远的小村庄。

　　"江汉3号"江轮的船舱分四个等级，当时我只坐得起最便宜的四等舱。在那里，我认识了同舱里两个十来岁的小女孩。其中一个小女孩就是杨洁琼，十三岁，在南通下船；另一个小女孩年龄小一点，叫江卓，在南京下船。杨洁琼还找出了当时她和小江卓的一张合影发给我看。原来，那天轮船在南京停靠半天，她送小伙伴下船，两个人特意跑到南京长江大桥上照了一张合影作为留念。小女孩当时还在照片后面仔细记下了时间、地点，以及是怎么认识我和江卓的，还特意写了一句："……一起度过了一段美好时光。"

当时，我正好刚出版了自己第一本薄薄的小书《歌青青·草青青》（中国少年儿童出版社）。回老家前，我特意在行囊里塞进几本，准备送给老家的亲友和少年同学。和小女孩杨洁琼分别时，我送给了她一本，作为留念。

两个小女孩都下船了，从此天各一方，不再有任何联系。我继续坐船往上海和故乡的方向驶去。慢慢地，时间久了，这件事我也渐渐淡忘了。一晃，竟然过去了三十多年！

后来，杨洁琼有一个要好的笔友，看见了这本书，也很想要一本，但是她到处都买不到，只好自己动手，从头至尾抄写了一本，还照着书中的图画，画上插图和封面，送给了笔友。当然，后来发生的这些事，如果不是杨洁琼今天讲给我听，我哪里会知道。

"这本诗集照亮了我的整个少年时代！"我信的，这就是书的力量、阅读的力量。让我特别欣慰和感动的是，这本小书曾经默默地陪伴了一个小女孩的成长。

三十年后，这位小读者长大了，做了妈妈，她的女儿，已经像她当年一样大了。而且，这位早已长大的小读者，在疫情防控期间成了一位勇敢、坚定的"逆行者"，身穿白衣，日夜奋战在社区抗疫第一线上。她说，如果不是偶然看到了我写的这篇文章，这一生还能不能有重逢的机缘，就难说了……

一个多么温暖又神奇的书缘故事！我没有想到，这竟然跟自己早年写的一本小书有关。《歌青青·草青青》里有一首诗《美丽的愿望》，杨洁琼还记得。我在这首小诗的结尾写道："就像在漆黑的夜里，把一盏盏灯点亮，我们在平凡的日子里，也要有一个美丽的愿望。"我也十分认同杨洁琼在微信里发给我的两句话："书，代表着一种精神力量，它一定是超越时空的，就像黑暗里的光。这种光，即使透过缝隙，也能照射出来。"

2020年春天里，我们时常会听到一句暖心的话语："一起拼搏，人间值得。"是的，再紧的门窗也关不住善与爱的翅膀，再冷的寒风也阻挡不住花蕾和梦想的绽放。希望生生不息，生活永远值得我们更加珍惜和热爱。

承蒙二十一世纪出版社两位年轻的编辑朋友谈炜萍、王雨婷邀约，拟在我这首部诗集问世33周年之际，出版一个精装纪念版，真是"与有荣焉"。这个精装纪念版，悉数保留原版里的68首短诗以及原序和后记，只对个别词句和排版上的错讹略有校订。在此，衷心感谢炜萍、雨婷两位年轻的、既敬业又专业的编辑出版人。我把记录"三十年后的重逢"那件事的一篇文字也附录在书末，作为纪念。因书缘而带来的人生际遇，让我心怀温暖，也倍加珍惜。

2022年元旦试笔，武昌梨园

诗的形象与节奏

——《献给老师的花束》创作谈

　　《献给老师的花束》是一首校园朗诵诗，是我应福建《小火炬》杂志的邀请，为纪念中国第十个教师节而写的。多年来，这首诗一直作为鄂教版《语文》六年级（上册）教材的一篇课文，也被其他一些省市选入了小学阅读辅导读物，不少小读者都能背诵。

　　我自己青年时代也曾当过几年中学语文教师，心中总是牵系着那个烛光映照着的"师魂"。我想在诗歌里写出我对"老师"这个职业的敬仰，写出教师日常工作所包含的欢乐、忧思与艰辛，同时也抒发我对老师的理解、怀念与赞美，写出一个已经毕业的学生对老师的怀念与感恩。

　　我在诗中写到了老师们在生活和工作中的许多细节，比如：夏日里背着我们涉过涨水的小河；当你第一次佩戴上红领巾时，老师投来的赞许和鼓励的目光；母校校园美丽的绿荫下，老师曾经说过的"我爱这春天，我爱这每一片绿叶"的话语；毕业的时候，老师把学生们送上去往远方的站台，目送着他们各自踏上远去的列车；还有老师的蓝色衣装、老师批改过的一册册作业、老师的白发和教鞭……我想用这些形象可感的细节，写出老师们在日常工作中的辛苦付出与无私奉献。我相信这样一些细节，是很多学生在小学、初中、高中不同阶段都曾耳闻目睹和感受过的。选择这些细节来抒写，容易引起小读者的共鸣。

诗歌中的老师的形象，并不限定在比如小学、中学等某一个固定的阶段里，而是伴随一个成长中的孩子从小学、初中、高中乃至大学的全过程的，始终不离不弃的老师的形象。所以，诗中的"老师"既是可亲可感的"实"的形象，也是带有象征和广泛意义的"虚"的形象。

我是把这首诗当作朗诵诗来写的，所以，也特别注意了诗歌中的音节、节奏和韵脚，尽量做到诵读起来能够抑扬顿挫、朗朗上口。小读者们只要大声把这首诗朗读一遍，就不难感觉到这一点。所以，我也建议在儿童节、教师节、毕业晚会等场合，同学们选择这首诗来朗诵。一个人朗诵或两三个人每人分配一个段落（相当于一个"角色"）一起朗诵，效果也会不错。

我曾在一位素不相识的名叫"白云飞"的老师的博客里，看到他对这首诗歌的朗诵和教学设计：他先让学生整体朗读全诗，理解全诗的大概内容及每一节叙述的内容，并且重点指导朗读第一节。具体是这样设计的：自由读，请同学们感受哪些词句最能表现老师对工作的爱，思考体会，写出批注，再交流。在交流中，不忘指导学生通过声情并茂的朗读，来传达对老师辛勤工作的赞颂之情，在朗读中加深体会。

因有了具体可感的形象作为支撑，情感体验就顺理成章了。如学生抓住了"日日夜夜，你总在做着希望的梦；风里雨里，你总在唱着痴情的歌"等诗句，结合自己平日看到的身边的教师工作的情况，再做一些发挥补充，使空灵含蓄的诗句一下子变得具体可感，无数教师辛勤工作的剪影镜头就纷至沓来……这样，语言训练、情感陶冶水乳交融，相得益彰。

2022 年冬日

听见与发现

第三章

献给绿树和大自然的歌

神秘的大自然创造了无数的杰作。姿态各异、枝叶婆娑，随着四季而变换着不同色彩的树木，应该是大自然最神奇的杰作之一。谁能想象，一棵小小的树苗，长大以后会是多么壮观？一个筑造在高高的树冠上的鸟巢，又是一道天地间何其美丽的景观？当你仰望那高塔般的橡树时，谁能想象，它们该是经历了多少风霜雨雪和闪电霹雳，才长成眼前这又高又壮的样子？

据说，生长在沙漠戈壁的胡杨树，拥有这样的生命奇迹：活着，千年不死；死了，千年不倒；倒下，又千年不朽。不妨想象一下，一棵胡杨树在戈壁沙漠上生长了千年之后，它是用怎样一种响彻荒原的巨响，宣告了自己生命的结束？即便是这一轮生命宣告结束了，但它们的铜枝铁干仍然倔强地挺立着，伸向空旷的天空，仿佛还在倾听那千年的风沙呼啸。

岂止是胡杨树，任何一棵大树，哪怕它的树叶、树枝、树干和树根全部化作了泥土，它仍然会滋养着泥土下面新的种子和幼芽，让新一轮绿色的生命重新开始生长，去装点生生不息的山河大地。无论是一棵棵孤立的树，还是一片片青翠的小树林，更不用说那一望无际的大森林，都是天地间无与伦比的生命奇观。

　　在当代诗人当中，我没有见过第二位像金波先生这样喜欢写树，写了那么多献给树和森林的赞歌的人。《想变成一棵树》是一部儿童诗集，咏唱的对象全是大树、小树和森林。就我的阅读所及，金波写树与森林的散文和散文诗，也足够编成一部同样主题的集子。此外，他还为一棵小桑树写过一部长篇儿童小说《婷婷的树》。

　　金波是一位大自然的作家，喜欢树与森林的抒情诗人。他自己是一位"喜欢树的人"，也乐于把喜欢看树的人视为知己和同道，认为一个人在看树的时候，"目光就像看亲人那样亲"，"我们站在大树下仰望，目光像阳光一样照在树上"。化用巴乌斯托夫斯基的一个说法：假如大自然能够因为人类洞察它的秘密生活和歌颂它的美而对人类怀有感激之情的话，那么，它首先应该称谢的人当中，除了普里什文这样的作家，还应该包括金波这样的诗人。

《想变成一棵树》共有四辑诗作。前三辑分别命名为《走进林中世界》《愿站成一棵树》《绿叶的交响》，共选编了70首抒情短诗；第四辑《献给树的花环》选编了两首长诗，即《树之魂》（十四行叙事诗）和《献给树的花环》（十四行花环诗）。

这是一部献给绿树的音乐套曲，是树枝、绿叶、鸟声、森林和风涛的交响乐。无论是从一首首清新明朗的短歌里，还是从两首典雅精致的抒情长诗中，处处能看到美丽的树影和林中水滴的光亮，能听到林中小鸟的歌声，也能闻到林中树叶和花果的芬芳。

巴乌斯托夫斯基也是一位对树和森林情有独钟的作家。他说过："每一片叶子都是大自然的一篇完美作品，是它那神秘艺术的杰作，这种艺术是我们人类望尘莫及的。"金波对此显然也有同感。他在《树有树的故事》里这样想象："树有树的故事／树有树的歌／树，从不说话／却有许多故事／树，永远沉默／却有许多歌。"早春时枝头绽出的新绿，盛夏时满树开放着花朵，秋天来临，凉风簌簌中洒满大地的落叶，都是树在无声地讲述自己的故事，吟唱自己的歌。

在诗人的想象里，树的一生沉默不语，但凝望着一棵树，就像在读一本百读不厌的书："读你绿叶细密的诗句／读你斑驳树干留下的风雨／读你枝头艳丽的花香／读你果实饱满的甜蜜。"在《对一棵树的愿望》这首诗的结尾，诗人托物言志，抒发了这样的心愿："最后，我也要变成和你一样的树／享有枝叶相扶，根相缠绕的幸福。"因为深深地爱着树、钦羡树，诗人常常仰望着一棵树而沉湎于美好的想象之中："我想种下这样一棵树／请我的好朋友们都来住／／发一张请柬给小百灵／欢迎她，也欢迎她的歌声／／再给松鼠打个电话／请他来我的大树上安家／／那最高最高的树梢／留给金丝猴做瞭望哨／／你的朋友如果很多很多／也欢迎来我的大树上做客。"（《我想种下这样一棵树》）

巴乌斯托夫斯基还说过："任何东西都不如诗歌那样能够使词汇获得新生。在诗歌里，一个词能获得自己原有的新颖、力量和音乐性。一经同诗歌接触，词汇便会充满真正的内容。"作为一位杰出的抒情诗人，儿童诗的形象性、新颖性和音乐性，一直是金波孜孜以求的美学标准。而对树与森林的抒写，正如正午的阳光照耀在林中的池塘和小溪流之上，让他的每个词语、每个句子都获得和焕发出光影闪亮、叮咚作响的美感。

他在《走进林中世界》里坦承："走进林中世界，便有一种新的感觉。"这种"新的感觉"，好像打开了他全部的灵敏的、活跃的、诗意的触角，不仅是对明快、明亮、新鲜的形象的快乐捕捉，而且还不断地激发出他仿佛要与每一棵婆娑的树、每一片摇动的绿叶相互唱和、媲美的烂漫激情。请看一片小小的树林带给他的发现："走进这小小的树林／听，仔仔细细地听：／树根在吸水／蚯蚓在耕耘／／石头下面伸展出小草／枝头绽开了花苞／雨后有菌子撑开小伞／每棵树都有一个绿色的心跳／／蝉在黄昏脱下衣衫／一夜间爬上树梢／黎明，小鸟啄破蛋壳／第一次听到了母亲的歌谣／／我不知道／还有什么地方／比这童话般的／小小树林更快乐。"（《小小的树林》）

走进林中世界，诗人好像尽情敞开了视觉、听觉、嗅觉、触觉和心的大门，观察、拥纳、欣赏、抒写着所有与树林有关的生命和形象的美，抒写着林中水滴般明亮的大自然的童话。

他写林中小鹿："像一株飞跑的小树／高昂着你枝枝丫丫的角／闪进密密的大森林里／一会儿和这棵树／一会儿和那棵树／交谈着春天的消息。"（《小鹿》）

他写小松鼠："小小松鼠，跳上跳下／在寻找一个饱满的松塔／可是它震落了那些松子／只好饿着肚子回家／／第二年春天／小松鼠又跳到松树上玩耍／忽然，它听见树下／有个甜甜的声音在和它说话：／／小松鼠，谢谢你／播下了无数颗松子儿／我们已经发芽／／小松鼠望着小树苗在想：／冬天，我虽然没吃上松子儿／可春天，我的收获最大！"（《小小松鼠》）

他这样观察风中的小树："风中的树很快乐／招呼着鸟儿来做客／它要给树林织一件新衣／来回飞着，在林间穿梭／／树在风中轻轻摇荡／鸟儿在林中轻轻唱歌／不知道在什么时候／树林悄悄披上了绿色。"（《风中的树》）

他这样描写小树林里的月色："溶溶的月光／像银亮的春水／洒在每一片绿叶上／闪着耀眼的光辉／叶子一动不动／做着恬静的梦／梦见月光化作露珠／一样的晶莹／一样的玲珑／在晨风里摇落／一滴滴，叮咚、叮、咚。"（《林中月夜》）

仔细品味,这些隽永的短诗,都没有什么特别深奥或华丽的遣词造句,却都呈现了一种单纯、柔和、像林中水滴一样透明的美感,也就是大诗人艾青所推崇的儿童诗的"单纯的美"。这就是一位杰出的儿童诗作家的艺术高妙之处,也是金波儿童诗的魅力所在。

艾青认为,一首好的儿童诗的创作,往往会要求作者为自己的感觉寻找确切的比喻,寻找确切的形容词,寻找最能表达自己感觉的动词,"只有新鲜的比喻,新鲜的形容词和新鲜的动词互相配合起来,才有可能产生新鲜的意境。"在这个基础上,艾青对诗,尤其对儿童诗,提出了四点美学要求:朴素,尽可能避免用华丽的辞藻来掩盖空虚;单纯,选择一个准确的意象来表明一个感觉和观念;集中,以全部力量去完成自己所选择的主题;明快,不含糊其词,不写令人费解、让读者误解和坠入雾中的思想。此外,对儿童诗,艾青还有一个希望,就是"让诗能飞翔",要给儿童诗插上音乐和韵律的翅膀,便于读者诵读。毫无疑问,金波的儿童诗,是对艾青所推崇的儿童诗朴素、单纯、凝练、明快的美和新颖性、鲜活性与音乐性的最好的诠释。

金波是一位十分讲究儿童诗的韵律美和音乐性的诗人。他写绿和森林，必定也是对微风吹过、树叶摇动、树与树之间合奏出的交响乐般的律动感心驰神往，所以，如果一首首地大声诵读这些诗歌，就会发现，他在这部儿童诗集里尝试了各种韵脚、节奏和诗行排列形式。有的诗一韵到底，节奏均匀；有的诗每两行一转韵，活泼跳脱；有的诗又往复回环，形成由若干精致的十四行构成的长篇"辘轳体"。因为他心目中的"树声"是多声部的，有风与树叶的悄声细语，有小鸟、松鼠、啄木鸟在树枝间欢跳的音符，有小溪在小树林中的叮咚声响，也有大树与风涛合奏出的壮歌，所以他在儿童诗中赋予的韵律感和音乐性，也像大型音乐套曲一样绚烂多姿，引人入胜。

　　我曾经以金波创作的大量的优美隽永的小美文为例，写过一篇《跟金波爷爷学习观察和描写》，意在引导小读者像金波爷爷一样，善于在生活日常中学会观察细节，发现美的事物。金波说过："写作离不开观察。观察中有了新的发现，那可是一件让人很兴奋的事。"他这些仰望树、观察树、咏赞树与树林的儿童诗，又何尝不是如此。一般说来，小读者们学着写童诗，从对一棵树的形态、一排小树或一片小树林的色彩变化的观察入手，是最自然和最容易有所发现的。有了观察与发现，还会进一步，心有所思、心有所动，也就是观察引发了你的描写和抒情，那么，这就是进入儿童诗的"创作"了。

在这里，我想告诉小读者、家长和老师们的是，《想变成一棵树》既是一本语言优美、诗味隽永、情感丰饶和可咏可诵的儿童诗集，也是一部引导小读者去学会观察、发现、思考、想象、描写和抒情的"绿色小词典"与"童诗创意入门书"。

2023 年初夏，梨园

天空从哪里开始

——读赵丽宏儿童诗集《天空》

诗人都是喜欢站在大地上仰望天空的人，从中国的屈原到西方的但丁，莫不如是。屈原的长诗《天问》，通篇都是对天空奔放无羁的想象。但丁更是从少年时代起，就经常在他家乡佛罗伦萨的广场上仰天枯坐。尤其是在晴朗的仲夏夜，他会伴着满天星斗一直坐到星辰坠落，黎明到来。但丁的许多诗歌都写到了星空。

诗人赵丽宏把他的第一部儿童诗集命名为《天空》（人民文学出版社、天天出版社 2020 年 2 月第 1 版），也许不仅仅是因为诗集里有许多首抒写天空、礼赞星空的诗篇，更重要的是，我体会到，他是在暗喻和"命名"自己所追求的一种儿童诗美学，即是"天空的美学"：生命像天空一样无限辽远；童心和梦想如飞鸟、气流与风一样灵动和自由；儿童诗的意境、气象和情怀，也应该像天空一样辽阔，把孩子们自由飞翔的心带向更远的远方。

所以，我十分认同金波先生对丽宏的儿童诗做出的判断："超拔的想象力，非凡的狂欢天性，精致的气韵流畅，浑然一体地融合在他的这些儿童诗里。"

诗集分《风是一个歌唱家》《老天的年龄》和《城市变成了飞船》三辑，共有50首儿童诗，其中大部分篇章都与天空有关。孩子们的眼睛能够看到的与天空有关的词与物，比如太阳、月亮、雨水、云彩、银河、流星、陨石、冰雹、闪电、雪花、风、飞鸟……以及他们想象力所能到达的天空的景象与边界，在这些诗篇里都有清晰和准确的、有时也是拟人化的呈现。

比如《银河》这首诗，写一个小孩陪奶奶在夏夜的小河边仰望夜空。奶奶告诉孩子，天上有一条河，可是小孩怎么也看不见。这时候——

奶奶说，你静下心，
慢慢找，就会看见。
银河在天边，
躲在很远很远的地方，

听不见流水的喧哗，

看不见浪花飞卷。

我瞪大眼睛寻找，

终于看见天上的银河，

那是一条淡淡的光影，

静静悬挂在夜空中，

闪烁的星星，

是亮在河畔的路灯。

飞驰的流星，

是河上的快艇。

　　小孩仰望着夜空，觉得银河太遥远，"就是变成一只萤火虫，大概也飞不到你岸边。"奶奶又告诉他，你看看眼前的小河，银河也在那里——

我凝视平静的河面，

看见水底下荧光闪亮。

是银河落在水里，

变成一道水淋淋的光带，

被快乐的鱼儿牵着，

在河里流淌……

这首诗写得优美而完整。既是美丽的想象，又是精确的写实。同样是写星空，却比郭沫若早年写的《天上的街市》、叶圣陶笔下的《小小的船》，又多了一些"现代感"。

面对天空这个辽阔、神秘和变幻无穷的空间，一颗颗小小的童心，会发出多少纯真的"天问"："雨滴是天上的眼泪吗，天空有什么伤心事，要流这么多的泪水？"（《天上的泪水》）夜空里，"星星们动也不动，固定在它们的位置上。"可是，为什么又会出现"流星雨"呢？"那是一群亮光闪耀的飞鸟，从遥远的天外飞过来"，还是"一个个燃烧的火球，把黑暗的天空照得晶莹剔透"？要不就是"从固定的位置上逃脱的星星，奋不顾身地扑向地球"。（《流星雨》）当乌云遮住了太阳的光芒，"世界变得那么灰暗，白天一下子又回到了夜晚"，是谁从云缝里伸出一把宝剑？"宝剑劈开了昏暗的天空，整个世界都被它照亮。"（《躲在云里的阳光》）还有，"天上落下无数个小冰块"，这是怎么一回事呢？

　　　　冰雹闪烁着光芒，

　　　　给炎热的大地送来冷气，

　　　　也送来天上神奇的谜：

　　　　这些小小的水滴

　　　　怎么会在阳光下变成了冰？

　　　　冰雹的生命实在很短，

　　　　我还没有看清楚它们的形状，

　　　　它们已经融化成水，

　　　　没留下一点点痕迹。

　　读着这首小诗，我在想，孩子们在好奇和追问的，仅仅是冰雹的形成之谜吗？诗人通过这样的抒写，是不是在潜移默化地引导和保护着一种"诗与思"的情怀？是不是在培育和滋润着一颗颗敢于质疑，勇于探究真理，追求光明的种子？

　　法国作家都德曾说过："小时候的我，简直就是一架灵敏的感觉机器……就像我身上到处开着洞，以利于外面的东西可以进去。"阅读英国作家斯蒂文森的经典儿童诗集《一个孩子的诗园》时，我们也会真切感受到诗中那个小孩无穷无尽和十分奇特的记忆、感觉与想象。诗中的小主人公就是斯蒂文森本人。因为小时候经常生病，他长时间被困在寂寞的病床上，目光盯着天花板，独自在想象中做着各种远航的游戏和玩耍。从白昼的光亮和夜晚的灯影里，从壁炉的火光中，从被子的皱褶里，从天花板的寂静里，这个小孩不断幻想和谛听着，甚至还看到了一些奇特而有趣的幻象。

在赵丽宏的儿童诗里，我也看到了这种只有小孩子才拥有的逻辑、想象、趣味和认知经验，感受到了好的儿童诗应有的一种好像也"到处开着洞"，以利于各种声音吹进来，各种色彩照射进来的创作智慧与艺术魅力。

比如，他写了那么多来自天空的景象、光影和声音。写闪电："有时像一棵树，突然展开无数枝杈"，"有时像无数条银蛇，在漆黑的空中扭动。"写云彩："云在蓝天上奔跑，可是听不见它们的脚步。"写风："我看不见风，却听得见它的声音"，"有时在树林里……只看见树枝轻轻摇动，阳光正在绿叶里闪烁。"《在天上，在海里》这首诗里，写到一个小孩躺在海滩上，望着白云飞卷的湛蓝天空，身上好像就有一种"到处开着洞"的感觉：

我听见云朵在天上问：

你看见了什么？

我听见小鸟在云边问：

你听见了什么？

我听见身边的海浪也在问：

看天的孩子，

你正在想什么？

童年的诗学和美学，本来就应该是这样的。加斯东·巴什拉所谓"梦想的诗学"，以及他津津乐道的"词的星群，喃喃低语的回忆""有人在树林深处从鸟巢里掏出红月亮""我坐在夜的道路上，倾听星星的话语，以及树的言谈"，这种种"形象至上"的童年感觉，在赵丽宏的《天空》里，也随处可以感受到。可见，诗人们的心都是敏感且相通的。

科学家说，给我一个支点，我就能撬动整个地球；

诗人们说，给我一支三叶草，加上我的想象，我能创造出一片草原；赵丽宏说，给我一片云彩，加上我的想象，我能游遍整个天宇。不，赵丽宏没有这么说，我揣摩着，他只是在心里这么想、这么说过。然后，他把自己的观点落实到了一首首儿童诗里。

诗如其人。赵丽宏是一位获得了国际声誉的优秀抒情诗人，他的每一首儿童诗，也是情思绵密的"抒情诗"，温润和善良的情怀、澄净和静美的意境、纯正和优雅的汉语韵律……都没有因为是一首"儿童诗"而有所减弱或缺失。最好的现代儿童诗，除了真、善、美、爱这些必不可少的要素，除了能让小读者感受到母语文字的优美，感受到一种芬芳的"诗意"，也应该让孩子们感受到辽阔无边的生命之美，感受到风声浩荡的天地气象，向孩子们呈现一种对人类、生命和自然的热爱情怀，培养孩子们对万物有灵的广阔认同感，以及对古典美和现代美的认知与感受能力。《天空》这本儿童诗集，在这些方面显示出了清晰的追求。"城市变成了飞船"一辑里的篇什，就充分展示了在现代文明的背景下，万物有灵且美的生命景象。

"瞄准星星，总比瞄准树梢打得要高。"据说，这是在俄罗斯儿童文学作家中流传的一个"写作原则"。细品一下就会觉得，这又何尝不是儿童精神和情怀养成中的一个"成长原则"？《小王子》的作者圣埃克苏佩里，是一位毕生钟情于在天空飞行的"蓝天骑士"，他这样说过："在我们的飞机和人类居住的地球之间，存在着一道道不可逾越的距离。只有让智慧吹拂泥胎，才能创造伟大的作家。"依我的理解，他是在期待和赞美那些能够在大地和天空之间，获得一种升华、飞越和俯瞰的视角与辽阔视野的作家。赵丽宏的儿童诗，就显示了这样独特的视角和辽阔的视野。

　　他没有瞄准树梢，而是瞄准了遥远的星星。他用一首首诗歌告诉孩子们：天空的高度不是从屋顶、树梢开始的，而是从孩子仰望的目光、向往的心灵，从一片云彩飘拂的气流，从一颗流星飞过的光焰……开始的。一个孩子的目光、见识与情怀，是要到达屋顶、树梢，还是伸向云层、群星和更远的天空，就看一颗心把他带向哪里去了。《天空》里的诗篇，显然是要把孩子们的心带过屋顶和树梢，带向更高的云层、天空和繁星闪烁的银河系。

2020 年夏日，东湖之畔

听见与发现

——读高洪波儿童诗新作

高洪波老师是一位抒写小动物的"圣手"，他的很多儿童诗集和散文集，如《大象法官》《鹅鹅鹅》《吃石头的鳄鱼》《我喜欢你，狐狸》《波斯猫》《种葡萄的狐狸》《布谷鸟的心愿》等，仅从这些书名看，就都与动物有关，可见他对动物的喜爱。这种天性，也许是成为儿童文学作家的优先条件之一。

法国女作家柯莱特，被誉为二十世纪最杰出的女作家之一，写作历程长达五十多年，曾长期担任龚古尔文学奖主席。1954年柯莱特逝世后，法国政府为她举行了隆重的"国葬"。柯莱特有好几部散文作品，如《动物对话》《葡萄卷须》等，记录了很多小动物的生活，主角如小狗托托、小猫咪姬姬等。她擅长描写客厅里、花园里和壁炉前的小动物（宠物）的生活，甚至还惟妙惟肖地摹写了小动物们之间的对话。我在读到柯莱特这类作品时，曾心生好奇：这属于"大自然文学"吗？显然不属于。因为在我心目中，大自然文学，应该以野生动物、植物、四季物候和各种自然气象等为主角，恐怕不能把以生活在庭院里、客厅里、壁炉前，甚至是动物园里的动物为主角的文学涵盖在内。

该如何准确、科学地界定和命名这一类作品呢？前些时，韦苇教授送了一本他的新著《动物文学概论》给我，我仔细读了。他认为，把这类题材的文学命名为"动物文学"，就可以把以非野生动物为主角的文学，涵盖进来了。

韦教授在他的书中还对严格意义上的"动物文学"提出了一些清晰的标准和界限，设置了一些"栅栏"。比如他认为，真正的动物文学，首先要摆脱"人类中心主义""人类沙文主义"立场，要消除人类对动物的傲慢与偏见。

这种观点，与《沙乡年鉴》的作者、美国著名生态学家和环境保护主义先驱奥尔多·利奥波德提出的"大地伦理"一脉相承。利奥波德认为，"大地伦理"

就是要把人类在共同体中以征服者面目出现的角色，变成这个共同体中平等的一员。这个伦理准则，暗含着对每个成员的尊敬，也包括对这个共同体本身的尊敬。

韦教授同时又强调，动物文学可不是以生态环境保护为宗旨的文学。动物文学是文学，有自己必须完成的"艺术使命"，如果让动物文学附丽于生态和环境保护的倡导与需求，那就把动物文学的文学审美意义功利化了。

又如，动物文学创作应该尊重"丛林法则"，动物文学的书写需守住"中间立场"，以自然、真实为前提，在此前提下对动物生命历程和生活习性的种种事件做出生动呈现和细致描摹。如果缺失了这种生物性的真实性，那么就会动摇动物文学本身。因此，诸如一些幻想类的童话故事，一些哲理式的寓言，虽然也常常以动物为主人公，但它们不是真正意义上的动物文学。

他认为，如果"人类意识""人文情感"无节制地植入动物文学之中，那么就很容易掉入加拿大动物作家西顿在二十世纪二十年代就提醒过的"拟人化"

陷阱里。我们中国的不少动物小说作家，实际上就一直陷在这样的陷阱里。

《一根狗毛一首诗》属于严格意义上的动物文学。与以往我们看到的一些以动物为主人公的童话诗、寓言诗，或者是借物抒情的抒情诗都有所不同，这本诗集中的每一首诗都是真实的"叙事诗"，都以自然、真实为前提，严格遵循着拉布拉多狗真实的日常生活习性和行为，生动细致地描述出对它的观察、发现与揣摩。

也许人类的宝宝和我一样

成长是一个不容易的过程

我们成长我们痛

痛在心里却不出声

这是多少小朋友

共同的心情

这是《成长痛》一首诗里的句子。

如果一只山羊吃草

山羊和青草

组合的画面岁月静好

如果一只小狗吃草

小狗和青草

组合的画面有些糟糕

我是拉布拉多大咖

吃草是我的爱好

或者是身体的需要

我吃草——各种味道的草

长长的马莲草

嫩嫩的苇叶草

吃草的感觉真奇妙

感觉我变成一只羊

只差发出咩咩叫

这是《青草的味道》里的句子。

我们显然能体会到，作者尽量避开了"人"的视角、"人"的立场，彻底抛弃了属于人类的傲慢与偏见，写的是真实的"狗生"，包括一只小狗所能体验到的那种"成长痛"。

好的动物文学，会自带一种光芒，一种难以言说的魅力，这往往是人文文学所不具备的，那就是呈现出属于动物们的生命、属于大自然的一种特有的"混沌感"与"神秘性"。这种神秘性，与人类生命原初的某些东西，与纯净的童心所闪耀的光亮与魅力是一致的。杰出的动物文学作家，应该能听见、发现和传递出这种声音和光亮，传递出这种神秘的生命魅力。

《大咖语录：我爱我妈》这首诗里写道：

妈妈给我当枕头

妈妈给我讲童话

妈妈的故事只有我懂

听得我开心摇尾巴

这里所传递出来的，就是这种神秘性。

好的儿童诗，也一定会为文字插上音韵的翅膀。用金波先生的话说，儿童诗应该是"能歌善舞的文字"。高老师的儿童诗，非常讲究节奏和韵律，都做到了押韵，诵读起来节奏明快，朗朗上口。例如用作书名的

"一根狗毛一首诗"所在的《诗咖宝》这首诗，就带有十分风趣的小谣曲的性质，无论是幽默的内容，还是俏皮的韵律，都充满了戏谑意味。这不就是我们常说的"儿童游戏精神"吗？就像美国著名童诗作家爱德华·里亚以小猫咪等小动物为题材写的一些儿童游戏诗，在传递出生命原初的混沌感和神秘趣味的同时，当然也具备了人类心目中的"童趣"。

一首精彩的儿童诗，得之不易，往往是"妙手天成"的。就像古人所感叹的："应有鬼神看下笔，岂无风雨助成形。"高老师在儿童诗创作上一直是比较谨慎和追求"少而精"的，这一点也给我们这些写儿童诗的人树立起了一种风范。

法国哲人伏尔泰有句名言："人类身边最好的伴侣就是狗。"俄国作家契诃夫甚至认为，一只小动物的天性行为对孩子所产生的影响，远比冗长的说教要强有力得多。《一根狗毛一首诗》就是一个很好的例证。

2020 年 11 月 3 日，武昌

一个丰饶和温暖的小世界

——读王立春的儿童诗

当一簇簇美丽的小花，吸引着漫游四方的蜜蜂飞来，世界才会拥有珍贵的花蜜，花朵们也拥有了飞翔的翅膀，花的芬芳也将被传递到更远的远方。诗歌就是这样。一首诗，如果不是从一个国家、一个时代的土壤或一代孩子的童心世界生长出来，它的生命力也就不会长久。正如一粒白松的种子，如果是掉在狭窄的石头缝里，它最多只能长成一棵低矮的小树，可是如果把它播种在深厚和肥沃的土壤里，它就可能长成一棵参天大树。

王立春是沐浴着中国改革开放的阳光雨露成长起来的，是一位优秀的儿童诗创作名家。她迄今出版的儿童诗集，以编年顺序看，有《骑扁马的扁人》（2002年）、《乡下老鼠》（2006年）、《写给老菜园子的信》（2009年）、《贪吃的月光》（2012年）、《跟在李白身后》（2015年）、《梦的门》（2016年）等，总计篇目近400首。这些诗集，有的先后数次获过全国优秀儿童文学奖和别的一些奖项，受到了儿童文学界的专家、同行和小读者们的好评。就像一小片野花盛开的原野，这些诗用自己独特的芬芳气息，吸引无数的小蜜蜂飞来采集花蜜。

可以说，无论是从质量还是数量上看，王立春都是儿童诗创作领域里的佼佼者。这与她能够专注于儿童诗这一文体形式的创作，并心无旁骛、锲而不舍地在儿童诗艺术上持续试验和探索是分不开的。创作者对于自己选定的某种文体的"坚守"与"忠诚"，也是一种"职业之爱"，无论是在自我选择，还是被动选择的状态下，都是至关重要的东西。不论我们所做的是什么，最重要的是能带着一种专注的、强烈的感情去做。这就好比结网的蜘蛛拥有的一种本能一样，哪怕辛辛苦苦刚织出了一面可以容身的网，忽然又被一阵风雨摧毁，但它并不灰心，总会默默地重新去一缕一缕地吐丝和编结。再被摧毁，再次编结；又被摧毁，仍然重新编结……这种锲而不舍的"较劲精神"，其实也有点像我们现在都在推崇的"工匠精神"，是值得赞美和尊敬的。也许唯有如此，才能在艺术上有所建树和成就。王立春之于儿童诗，就具有这种"较劲精神"。

她用一种蜘蛛织网般的坚持和勤奋，用数百首儿童诗，建立起了一个完整、丰饶和温暖的"小世界"，一个儿童诗的"王国"。当然，罗马城不是一天建起来的。400首诗歌，几乎也耗去了她全部的青春芳华和最富活力的一部分中年时光。现在，她是这个"小世界"里一位美丽又骄傲的"女王"，坐拥灿烂的太阳、星星和月亮，也任意驰骋一切妖娆、浪漫的词语与想象。

她也用一首首童诗去试验了儿童诗在表现多种题材上的可能性。中国式童年生活的喜怒哀乐、童心世界里各种细微的想象与体验、大自然中万物有灵且美的生命状态以及与人类的相互依存关系、个人成长中的点滴记忆与感受、对儿童成长与教育的启迪、人类优秀文化对童年的影响，以及由此形成的童年价值观和成长美学……在她的童诗里都有涉及。

她也尽了自己最大的努力，去拓展儿童诗的艺术天地，给儿童诗插上有力的翅膀，让它们飞越庸常的现实，抵达过去的儿童诗几乎难以抵达的艺术边界。她在儿童诗中动用了诸如想象、隐喻、拟人、直觉、夸张……各种表现方法，甚至在《跟在李白身后》这本诗集里，还加进了幽默、荒诞、变形、拼贴、穿越……的元素，让我们看到了儿童诗艺术表现手法上的丰富、美丽与神奇。

诗人博尔赫斯被誉为"作家中的作家"。有一天，一个十岁的小女生海瑟去听他演讲，他讲了一段小故事，说有一次他碰到一个年轻人，年轻人告诉他说，自己对阅读莎士比亚的《哈姆雷特》一点兴趣也没有，因为哈姆雷特是诗人虚构出来的，"一点都不真实"。博尔赫斯说，你错了，"哈姆雷特王子比你还要真实"。演讲结束了，小海瑟穿过人群，挤到诗人面前，天真地问道："您跟哈姆雷特一样真实吗？"这时候，这位白发苍苍、双目已经失明的老诗人，弯下腰来，笑容里带着淡淡的伤感，说："不，亲爱的，哈姆雷特比我还真实，甚至我的诗歌和故事中的博尔赫斯，也比我真实。"

这个小故事，也让我联想到了童话家安徒生。巴乌斯托夫斯基的名著《金蔷薇》里，有一篇《夜行的驿车》，写到了一位女性与安徒生的对话："您是汉斯·安徒生，著名的童话作者和诗人。不过在我看来，您在自己的生活中，却惧怕童话。您看，连一段过眼云烟似的爱，您都没有力量和勇气来承受。"安徒生自己也承认这一点。安徒生一生独身，他把自己的一切都写在了童话里，童话故事里的安徒生，比生活中的安徒生更真实。

优秀的诗人、作家，往往会调动起自己全部的记忆、情感、体验、想象力和语言文字上的才华，去完成自己的一首首诗、一篇篇故事。诗人和作家的一切，都写在自己的书中。读着王立春的一本本诗集，我也有这样的感受。也许，只有当她进入自己这些意象缤纷、姿态烂漫的诗歌里，她才会一任天真，心灵坦荡，性情流露，毫无保留。这些诗，也是她生活轨迹和心路历程的"编年史"，所有的诗篇都是她一段一段的"旅程"。所以我认为，只有诗，才是她最真实的"自传"。而一首真正的诗的生命和力量，也将超越诗人本身而流传后世。就像诗人但丁，他来到世上，也只为写出一卷不朽的诗歌，好让一朵玫瑰的芬芳，永远流传在人们心头。我记得在一本书上还看到过古希腊哲学家、美学家亚里士多德的一句话，"美比历史更真实"，说的大致也是这个意思吧。

我曾在一篇年度诗评里说到，在儿童诗坛上，王立春与萧萍的儿童诗堪称"双璧"，两位诗人是一南一北的"双子星座"。她们的儿童诗里都充满一种一任天真的"小浪漫"，有女性诗人特有的细腻和准确的直觉成分，也都有极其丰沛和鲜活的想象力在纵横运行。同时，两个人也都在抒情方式和语言文字上，有着异于流俗、与众不同的创新与探索的姿态。借用当年鲁迅先生的一个说法，就是文字上"不肯大众化"。她们仿佛在以各自的才华互相致敬，不约而同地用一种来自女性诗人的直觉体验、想象力和才气，一起推动着中国儿童诗的小船，越过浅滩、小河而进入了深而远的航道。

例如那首《哑巴小路》里的一节：

你每天送我上学

趴在校门外看我上课

你不敢跟进教室

只知道一个心眼儿等我

我的哑巴小路

…………

扶我走教我跑的

童年朋友啊

无论我野野地跑到哪儿

你都能把我默默地

领回家

　　这种童年体验、乡村记忆，许多人也许都曾经有过。但是，题材摆在人人面前，主题也许只有少数人知道，而如何表现却永远是一个秘密。能够更准确、更逼真、更鲜活地呈现出这样的体验与记忆，一定是需要一种睿智和才气的。王立春的童诗里，处处散发着这种睿智和才气。再如《等待春雨》这首诗：

春雨要是不来

老菜园子就搂着种子们

坚决不发芽

等待春雨

屋顶上烫了卷发的炊烟

希望南风来给吹直

等待春雨

小桃树希望自己

被淋成了落汤的小鸡

等待春雨

矮矮的垄沟

希望自己能打起了饱嗝

老菜园子哟

你脾气再倔

喝饱了水的种子们

还能忍住自己

不发芽吗

这也是典型的"王立春式的抒情"：丰盈的想象，

加上形象、鲜活和富有童趣的比拟手法，给诗中的形象注入几分童话色彩，也使诗歌语言变得更为新颖、灵动与活泼起来。这样的例子太多了，不胜枚举。如果有的小读者肯下一点功夫，可以从这将近 400 首童诗里，找出那些最生动有趣、最有意思的"拟人化"的例子，编一本"童诗比拟小词典"，这对打开你的想象力，提升你的作文能力，在作文里多写出一些新鲜、活泼的好句子，肯定会起到直接的帮助。

再读一读《小雪人》，你会觉得，这是优美的童诗，也是有趣的童话故事：

　　茄秧孤零零的

　　举着干叶子

　　站在园子里

　　小声地　哭了一冬天

　　她怎能不哭呢

　　寒风把她的绿衣裳扒走

　　土地也没法让她长出新芽

　　孩子们都纷纷离去

连小儿子茄蛋蛋

也不能留在身边

老菜园子　你睡着了

茄秧的事就不管么

下雪的时候

我的小雪人

紧紧地把茄秧抱在怀里

自己一动也不动

都没顾得去山下的小河里

打一个冰出溜儿

老茄秧终于从冬天

挺了过来

小雪人被春风领走的时候

眼泪哭了一地

他也知道

那依墙站着的老茄秧啊

终于能等到

回来看望他的　一垄一垄的

小孙子啦

　　实际上，王立春的很多童诗也都是"童话诗"，有诗歌的美和抒情的韵致，也有童话的幻想、形象和故事情节。她把诗、童话，还有散文化的语言，都不动声色地融合在了这种分行的文体形式里。中国当代儿童文学作家、老一辈诗人、童话家郭风先生，曾经做过这样的探索，成功地创造了一种诗、童话、散文三者融合的"童话散文诗"，被人称为"郭风体"。在王立春对童诗形式和艺术手法的探索里，好像也有郭风的神韵。

　　《跟在李白身后》这部儿童诗集是儿童诗中的一束"奇花"，也是王立春在寻求童诗艺术多元化的道路上走得最远的一部作品。这里的每一首诗，都从一首中国古代诗歌中生发和"演绎"出来，诗人不仅仅是跟在李白身后，她是跟在整个中华优秀传统文化的身后，采来五千多年的历史和文化的情思，织就自己丝绸般的诗歌华章。其中许多诗句，都能触动中国人心灵中最柔软、最敏感的地方，因为诗里有我们的母语和回忆之乡，有我们剪不断的、温暖的乡愁。

也许，只有拥有真正的中国情怀，才有可能去理解和感知这些诗中的乡愁。正如诗人流沙河在他的诗《就是那一只蟋蟀》里所吟唱的："凝成水，是露珠；燃成光，是萤火；变成鸟，是鹧鸪，啼叫在乡愁者的心窝。"一个不熟悉自己家园和根脉的人，对全世界也将是陌生的。王立春的这些儿童诗，也为小读者们如何去学习和吟诵古代诗歌，提供了一种可以效仿的方法：用诗歌去理解诗歌，就像用篝火去点亮篝火。让遥远的古诗，在你的心中发出"回声"，也用你自己的手、自己的阅读，去擦亮和点燃古老的经典诗歌的"神灯"，让它重新闪耀出新的光芒。

2019年初春，写于武昌梨园

一任天真

——读李姗姗的儿童诗

我在出版社工作时，编辑过老诗人绿原先生翻译的、德国儿童文学家约瑟夫·雷丁创作的一册儿童诗集《日安课本》。

雷丁的儿童诗富有智慧、风趣和幽默的韵味，字里行间尽显天真的童趣。他有一首童诗叫《用什么写作》，写的是一个小孩子，把爸爸的打字机弄坏了，爸爸问儿子：

"教我现在用什么写作？"

"用心。"儿子对爸爸说，"如果可能的话，还用一点脑。"

写儿童诗，首先需要"用心"。清澈明亮的句子，应该从纯美、善良的心灵流淌出来，有温暖的温度，有明净和柔和的光芒。

当然，也必须"用一点脑"，也就是需要动用一点智慧，需要一些灵动的才气。一首精彩的儿童诗，也许不单单是为了教育儿童，也不都是为了感动儿童，也要给小读者们带来一丝惊喜和愉悦，甚至带来一点类似小顽童的"恶作剧"式的"反转""夸张"和"狂喜"的效果。

这就需要诗人在儿童诗中注入"智慧"，动用几分机智、幽默、想象、戏谑和夸张的"捷才"。只有如此，儿童诗才会鲜活和灵动起来，也才能显示出它特有的诗意、童趣和游戏精神。所以说，儿童诗既是情感的流淌，也是智力的飞扬。"心"和"脑"，一样都不能缺少。

李姗姗的儿童文学写作，涉及童话、小说、故事等多种文体，但儿童诗似乎一直是她偏爱的，也是她的强项。她的儿童诗，有自己"标志性"的特点和韵味。

《太阳小时候是个男孩》《月亮小时候是个女孩》（安徽少年儿童出版社2019年9月第1版），是李姗姗的两部儿童诗新作，也是相互映照的"双璧"和"姊妹篇"。前者的小主人公是一个小男孩，打量世界的视角也是小男孩的；后者的小主人公是个小女孩，视角也是小女孩的视角。前者是给孩子们的"日安课本"，后者是献给孩子们的"晚安课本"。

相比小说、童话、传记等，从篇幅和形式上看，儿童诗当然是一种"小体裁"。然而，世界上没有渺小的体裁，只有渺小的作家。一株三叶草，加上诗人的想象，就是一片绿色的草原；一粒沙子，加上诗人的想象，就是一片辽远的沙漠；一颗种子，加上诗人的想象，就是一片茂密的森林。

李姗姗的儿童诗都很短小，却一点也不"渺小"，有的篇什能够"滴水观海"，以小见大，寥寥几行却能把一种全人类共同的"大地伦理"和"地球村"般的大眼界和大情怀，呈现在孩子面前。

比如《一个人在森林里》写到的一种感觉："刮风了，只有我可以不动！风停了，只有我可以动！"还有《叶子》里写到的那种感受："一片叶子，停在路边的椅子上休息。请你——轻轻地坐下，不要打扰它。"在《画地球》里，又这样写道："泥巴挨着小草，小草挨着花，花挨着树，树挨着房子，房子挨着云，云挨着太阳，太阳挨着风筝，风筝挨着小朋友，小朋友挨着泥巴，泥巴挨着小草……"

李姗姗也用她特有的敏感、细腻和母性的眼光，从孩子的日常言行细节里，观察和捕捉到了儿童天性中的许多灿烂的瞬间，那是像金子一样珍贵和纯美的天真与童趣。

《担心》这首诗只有三行，竟然也写出了一种"大视野"："妈妈，每天那么多挖掘机在挖呀挖，地球还是圆的吗？"

《一只流浪的小狗站在雨中》，写出了小孩子对身边事物、对弱小者的同情和友爱之心：

汪汪汪！

一只流浪的小狗站在雨中，

望着路人，

汪汪汪！汪汪汪！

它不停地说：

帮帮忙！帮帮忙！

真可惜，

没有一个人能听懂它的话！

罗曼·罗兰说过："谁要是能看透孩子的生命，

就能看到隐藏在阴影中的世界，看到正在组织中的星
云，方在酝酿的宇宙。儿童的生命是无限的……"李
姗姗在两本童诗里写得最多的，就是对儿童生命、天
性和儿童心理的观察与发现。小孩子们"人小鬼大"，
小脑袋瓜里的念头千奇百怪。比如《哪个更高》：

凳子没有桌子高，

桌子没有柜子高，

柜子没有房子高，

房子没有天空高，

天空没有我高，

我每天都在长高。

这无疑是许多人幼年时代都曾有过的天真、好奇
和向往。在《真奇怪》这首诗里，作者也捕捉到了孩
子的另一种好奇：

冬天，

我戴上了帽子，

我戴上了口罩，

我戴上了围巾，

我戴上了手套。

可是，

一走出家门，

还是被叔叔阿姨和小伙伴认出来了，

——真奇怪！

　　小孩子的感觉总是奇特的。一旦敏感和精准地捕捉到了，就会是一首有趣的童诗。作者在不断地发现和捕捉这样的瞬间。

　　《雪夜的窗外》里写道："树，房子，小汽车，路，围墙，小栅栏，全都在洗泡泡浴。"《丢了一只鞋》里写道："墙角有一面镜子，正好，把拖鞋放在它前面。妈妈就不会发现，我弄丢了一只。"再看《一个坑》："我给死去的金鱼挖了一个坑。他们都说，这个坑对金鱼来说太大了。我却觉得，太小了！这还不够让它在里面，自在地游。"还有作为书名之一的那首《太阳小时候是个男孩》：

妈妈

太阳小时候是个男孩 对不对

所以我们才叫他

太阳公公

妈妈

我长得很像太阳小时候 对不对

所以你们才会叫我

小太阳

　　孩子这样的发问，也许是在成年人的意料之外，仔细一想，却又在情理之中。与此类似的童趣，还有《爷爷小时候》："爷爷小时候，没有大米饭；爷爷小时候，没有糖果；爷爷小时候，没有玩具小汽车；爷爷小时候，没有电视机……咦？什么都没有，爷爷是怎么长大的呢？"这样的"推断"，非常符合小孩子的心理逻辑，同时也暗含着作者对"童年"和"成长"的几丝反思吧？

　　《大和小》写的是小孩子的一些简单、有趣的对比，同时也刻画了外公慈爱的形象，让小读者感受到了亲情的珍贵，其中还默默润泽着孩子的感恩之心："我的声音大，外公的声音小。我的胆子大，外公的胆子小。我的脾气大，外公的脾气小。我要去告诉外公：我比他大，他比我小。"

《一颗冰糖》，写得也饶有童趣："我伸出舌头，一遍遍给妈妈看：它在变！它变小了！它又变小了！它不见了！"《顽皮》里捕捉到这个瞬间的意象和感受，也是真正属于小孩子的："啪嗒，一支铅笔掉到了地上，磕掉了牙。啪嗒，啪嗒，按了两下，这支磕掉牙的铅笔又长出了新牙。"

在小孩子眼里，手机大概是今天的成人们一刻也离不开的东西，所以在《小鸟那么小》里，就有了这样充满理趣的发现：

小鸟的脚那么小，

为什么走得那么快？

因为它不停地走，不停地走。

小鸟的翅膀那么小，

为什么飞得那么高？

因为它不停地飞，不停地飞，

小鸟从来不坐下来看手机。

同样是手机,在《打赌》里,小女孩这样想象着:"我敢打赌,如果,我的哭声和手机铃声一起响起,爸爸一定会先拿起手机。"这样观察和感觉,是十分准确的。

　　所有的小孩子都有"逆反心理",尤其是在对小孩"过度教育"、百般管束现象普遍的当下,在童年不知不觉地"消逝"的成长环境里。《小猫知道》这首童诗写得单纯而美,却也写出了小孩子的一种无声"反抗":

　　　　小猫知道怎么走,

　　　　小猫知道怎么跳,

　　　　小猫知道怎么洗脸,

　　　　小猫知道怎么洗澡。

　　　　小猫知道怎么打滚儿,

　　　　小猫知道怎么爬树,

　　　　小猫知道怎么上屋顶,

　　　　小猫知道怎么钻地洞。

小猫知道怎么捉老鼠，

也知道老鼠什么时候出来。

小猫什么都知道，

所以它不用去学校，

只要舒舒服服，

躺在太阳底下睡大觉。

类似的篇什还有《我就是不洗脸》，也写出了当下的小孩子可能产生的逆反心理："不要洗脸！不要洗脸！我就是不要洗脸！我大叫！我大哭！我大闹！如果给我洗掉，那也没关系！马上去糊一脸泥，吓你一跳！"

李姗姗的儿童诗，意象单纯、明亮，多采用鲜活和明快的口语入诗，她也善于为自己捕捉到的细节、获得的瞬间感觉，寻找到确切、鲜活和饶有童趣的比喻。所以，她的儿童诗总是摇曳多姿，活泼有趣。

在儿童诗的形式上，她也尝试了各种可能。例如《吃苹果》在诗行的排列上有意追求了一点西方"图像诗"的效果，让小读者从诗行的排列形式上，一下子就获得转着圈儿啃苹果的直观感受：

嘎吱！

嘎吱、嘎吱！

嘎吱、嘎吱、嘎吱！

一辆大挖掘机，

在红色的地球上，

挖出一条环形的甜马路。

还有像《是不是》这一类的童诗，又带着无厘头的"游戏诗"的风味："妈妈：南瓜的南，是不是困难的难？是不是南瓜走路很困难。风扇的风，是不是疯子的疯？是不是风扇转起来有点疯。游泳的游，是不是酱油的油？是不是游太久会晒成一瓶黑酱油。稀饭的稀，是不是吸管的吸？是不是稀饭可以用吸管来吸。母亲的亲，是不是亲吻的亲？是不是母亲看到小孩就想亲一亲。"

这样的童诗，就像英国诗人、画家爱德华·里亚为小孩子写的"胡诌歌"或"逗趣歌"一样，借助新

颖的文字排列，甚至不同字号的变化形式，造成一种
"游戏"的效果，给孩子带来一点轻松、逗趣和好玩
的感觉。中国传统童谣里也有一种类似的"颠倒歌"，
句子里也许没有什么逻辑性可言，但是，小孩们念起
来就像在念文字游戏"绕口令"一样，会觉得十分开
心和有趣，获得心灵上的愉悦和放松。同时，他们也
会获得语言、文字、音韵上的戏谑和趣味，玩味母语，
认识母语。

李姗姗的这两本童诗集，主人公分别是一个小男
孩、一个小女孩，诗的视角、口吻、感觉、发现都是
小孩子的，那么，女诗人自己在哪里呢？其实，诗人
时刻都"在场"。她是小孩的妈妈，是孩子和世界之
间的那个观察者、发现者、记录者，也是一个默默的
领悟和感受者。《听风说话》里写到了"一个阿姨"：

公园的长椅上，

坐着一个阿姨。

要是你觉得她什么也没做，

那就错了。

瞧——

她正把头发别到耳朵后面，

认真地，听风说话。

这个安静的、经常坐在公园里"听风说话"的人，不就是李姗姗自己吗？不仅"听风说话"，也许还会经常观察雪花飞舞，所以才有在《真正的雪花》里捕捉到的那种感觉："有的雪花飘到池塘里，就融化了；有的雪花落到屋顶上，就不动了；有的雪花堆到路面上，就被踩了……"最后写道：

在路灯的光芒中跳舞的那些，

算得上真正的雪花。

这种感觉，不太像是小孩子的，只能是诗人自己的。她也在时刻观察着诸如此类的瞬间："一只鸭子，从草地跳入池塘。一只青蛙，从池塘跳上草地。鸭子和青蛙擦肩而过，什么也没有说。"这首小诗的题目叫《美妙一刻》，捕捉到了现实生活中温馨的一幕。

有时候，她会对着一些司空见惯的事物展开有趣的联想。这需要一种机智的"捷才"，也显示了为儿童写诗应该具备的一种"好玩"的游戏精神。就像《坚果作家》所写的:"一颗腰果是逗号,四颗腰果是双引号。一颗芝麻是句号,六颗芝麻是省略号。五瓣核桃是插图,一把红枣做颜料。杏仁们正在讲,葵花子花生桂圆和葡萄干的酸甜历险记。"看到一头大蒜,也能产生童趣盎然的想象,于是有了《一个大蒜》:"小一点的坐在里边,大一点的坐在中间,最大的坐在外边,靠拢了,围成一圈。请安静,我要开始听故事了!"最后的那个"听"字,也可以改成"讲"字。童诗里的"主人公",除了小孩,还有诗人自己——"讲"故事的人。还有小诗《书》里写到的那个人:

一本书,

是一双手。

捧着好多好多字,

问你要不要?

这个"捧着好多好多字"询问小孩"要不要"的人,当然也是李姗姗自己。

我在前面所欣赏的,都是李姗姗儿童诗的优点和特色。但读完两本儿童诗集，感觉也有一点"美中不足"的地方，所以也写在这里，和姗姗以及其他儿童诗作者们讨论。

老诗人邵燕祥先生在一篇诗论文章里说到，从实际效果出发，为幼儿写的诗歌，最好能采用歌谣体，精练、押韵、大致整齐，而对于给这个年龄段孩子写"无韵自由体的长短句"，邵先生说，"我是不以为然的"。这段话对我自己来说，如同"棒喝"，时常提醒我，给幼儿写东西，尤其是写儿童诗，一定要精练、押韵，念起来朗朗上口，这样至少可以使一部分"文学之美"诉诸幼儿的听觉。

但现在的儿童诗，却像某些现代派新诗一样，基本舍弃了节奏、韵律、韵脚等诵读的元素，大量口语入诗，一旦走向极端，就可能一味地去"迎合"小孩子的趣味，降低儿童诗的文学含量，使一部分儿童诗变得过度"口语化"。

其实这种现象，正在当下泛滥：一些小朋友写的口语诗，得到了广泛的传播和不切实际的推崇，变成了一种"流行"。如果儿童诗作家也跟着去效仿，把小朋友们那些"即兴式"和"口语化"的"写话"，当成儿童诗的标准，结果只能把儿童诗的创作水平拉得越来越低，文学含量越来越稀薄。

所以我认为，儿童诗创作，还是不能忽略它的诵读之美，应该在节奏感、韵律感上，极大地向小读者呈现现代汉语之美，让他们感受到我们的母语之美。

2020 年 7 月 4 日，武昌梨园

清新丰茂的小树林之歌

——钱万成儿童诗述评

一 半生已过，归来仍是少年

1978 年，我还在上高中，钱万成已开始发表作品。他的散文处女作《公社的大坝》洋洋洒洒五千字，刊登在他家乡的《梨树文艺》上，后被《红色社员报》转载。这是一篇带着火热的劳动生活气息的抒情散文，虽然未脱那个时代的政治话语标签，但已是像模像样的"杨朔式散文"，今天读来，仍然觉得不失几分"美文"的特质。

进入二十世纪八十年代，尤其是 1984 年进入吉林省四平师范学院（即今天的吉林师范大学）念书之后，钱万成在当时众多的大学生诗歌作者中崭露头角，并很快成为全国知名的青年诗人。那个时候我也是一个狂热的诗歌爱好者和作者,在《诗刊》《星星》《青春》《萌芽》等文学刊物和一些大学生刊物上,经常能看到"钱万成"这个名字。有时我和他会在某一本刊物或某一个大学生诗歌选本里"不期而遇"。后来和万成回忆起"我们的八十年代"时才知道,他的诗歌当时可谓"遍地开花"。他在一篇文章里也写过:"我几乎打遍了中国所有大小刊物,从《诗刊》一直到青海省的《瀚海潮》——果洛州的一本地级刊物。"

我在诗论集《追寻诗歌的黄金时代》里曾写道,二十世纪八十年代和九十年代,是我们这一代作者的创作黄金期。进入新世纪后,我与诗歌开始渐行渐远,主要转向了散文和小说创作。但万成的诗歌黄金期不仅开始得早,持续的时间也更长,用他自己的话说:"到了 2000 年以后,一直到去年(2014 年),这个时期是我创作的第四个高峰期。"法国诗人波德莱尔在谈到巴尔扎克时,说过这样一句话:"一定要注意一条永远有效的强劲原则,就是一个作家有没有强健的生命的激情。"钱万成的诗歌创作之所以能够持续几十年,其中的"秘辛",大概就在于他一直葆有一种"强健的生命的激情"。很多作者,包括我自己,仅仅从一些诗歌句子的"步态"就可以看出，多少已经有些"疲倦"了，但从万成的诗歌里却看不出这种"疲倦"。他的新作一本一本地诞生和出版，真实地诠释了什么叫"永远有效的强劲原则"。

也是因为这种感受，2020年底，当钱万成的少年抒情诗选集《把忧郁交给风——写给青春的校园诗》由人民日报出版社推出时，我应约写了这样一段"推介语"："如同四月的麦笛，吹奏着大自然和春天的明朗与清新；如同波光清亮的小溪流，传递着永不停息的歌声和力量。伴随着改革开放四十多年来的伟大征程，钱万成的少年诗以真挚、清丽、隽永的抒情短章，准确把握和传达了当代少年纯真、爽朗、昂然和丰富的情感世界，抒写了不同年代里朝气蓬勃、梦想缤纷的青春芳华，以及属于少年人的迷茫、疼痛与思索。诗人未老，青春万岁。虽然半生已过，但归来仍是少年。"这不是虚浮的赞美，而是诗友钱万成和他的诗留给我的最真实的感受。

二 清新丰茂的小树林之歌

儿童诗创作，虽然并非钱万成诗歌创作的全部，但在他的作品里所占比重甚大，他迄今已出版的儿童诗集已有十余册。从写给低幼年龄段小朋友的童谣、低幼儿童诗，如《看看上面有什么·钱万成低幼儿童诗选》（长春出版社 2019 年 10 月第 1 版），到适合小学生阅读的儿童诗，如《留住童年》（中国少年儿童出版社 2014 年 10 月第 1 版）、《星星树》（北京少年儿童出版社 2019 年 8 月第 1 版）、《童话里的白桦树》（人民日报出版社 2019 年 9 月第 1 版），再到适合中学生阅读的少年诗，如《把忧郁交给风——写给青春的校园诗》（人民日报出版社 2020 年 11 月第 1 版），他的儿童诗层次分明，且涵盖了少年儿童群体的全年龄段。他对各个年龄段的儿童诗都做过认真的试验与探索，同时也尝试了儿童诗在品类和艺术形态上的各种可能，如趣味儿歌、抒情诗、童话诗、小叙事诗、哲理诗等。这种创作态度，不仅是在"尽才"，同时也证实了诗人对少年儿童、对儿童诗的"尽职"与"尽责"。没有一种"大爱"的支撑，实难做到。诚如著名诗人、儿童文学作家高洪波所言："持童心者初心常随，且爱心诗心相持相伴。"万成之所以能做到"童心盈怀而仕途顺畅"，"非偶然，乃必然也"。

他在新儿歌的创作上付出了不少心血，也有沉甸甸的收获。厚厚的一部《看看上面有什么·钱万成低幼儿童诗选》是这类童诗的集大成者。这部选集按照十二个月份编排，选入低幼童诗近四百首。仅从数量上看，就有点惊人。这也让我想到了西班牙散文作家阿左林对身边青年作家的"夫子自道"："创作者对于他的职业的爱，不论是在'自发'还是'被动'的前提下都是至关重要、不可或缺的东西。无论我们所做的是什么，最重要的是带着一种热烈的感情去做。"

诗人写过一首《青青的小树林》，"青青的小树林/是小鸟的家/那些自由的小生命/飞到哪儿也忘不了它"。青青的小树林也是兔子、萤火虫和各种正在生长的小生命的家，"是故事和童话的家"。万成的这些低幼诗，就像一片青青的小树林、一片正在生长的幼林，青翠而明亮，清新又丰茂。

低幼童诗，最重要的一个文学特征，也是一种近乎天籁的艺术效果，就是在明亮的浅语中显现出自然的童趣。这需要一种创作智慧，需要把所有的"文学性"融化在妙手天成的句子里，让读者看不见，却又能感受到。

例如《地球问题》，以小见大，童趣盎然，又通篇可见诗人灿烂的童心、幽默与智慧："小金鱼和小蝌蚪说话／讨论地球究竟有多大／一个说和鱼缸差不多／一个说比脸盆还要大／小布熊听了半信半疑／想进山去找他爸爸／他走了一天也没到山里／他想，这两个家伙一定说了谎话。"

《调皮的小狐狸》通篇用白描手法抒写冬天的雪地，富有小孩子极易想象的画面感，"下雪啦，下雪啦／雪花一朵朵白／雪花一朵朵大／／雪花挂在树上／雪花落在原野／整个世界变白了／／小鸟在雪中唱歌／小兔在雪中奔跑／小狗在雪地上画画"。到结尾处，出其不意地来一个童趣十足的"小反转"，"最调皮的／是那只小狐狸／跟着小狗摇尾巴／／它嫌小狗画不好／一尾巴当扫帚／全给扫没了"。

小朋友对一首儿歌和低幼诗的阅读，往往是在父母或爷爷奶奶、外公外婆的陪伴下，即在"亲子阅读"

的状态下完成的，所以就更具有"诗教"的功能。诗教功能有很多，情感、意境、语言、韵律、生活常识、礼仪、科普小知识……都可以包含在其中。当然，这种认知功能也不能生硬地塞进诗句里，一首再浅显的低幼诗，仍然必须是"诗"。同样是写冬天的雪地之美，《雪地上的画》里多了一些关于小动物的认知元素，但同样写得美而有趣，"一张白纸好大好大／所有小脚都来画画／小鸡画片小竹叶／小狗画朵小梅花／小鸭画把小扇子／小马画弯小月牙／娃娃画的是小船／春天来了就出发"。用小动物们"画"在雪地上的不同的"画"，让小读者对小动物们各不相同的脚印获得生动形象的认知。

　　钱万成对儿歌、童谣、低幼童诗，不仅做过多年的创作试验和实践，而且有自己的美学标准和理论总结。他把自己的这番探索称为"儿歌革命"。他在为《趣味童话儿歌》一书写的后跋里，有一段自白："儿歌革命，不仅仅是题材的拓展，在手法、功能、创作主题上也应该进行改革。我认为，首先也应该明确儿歌也是诗，必须用诗的语言，有诗的意境。其次，必须做到艺术性、趣味性、知识性的有机结合。否则，它就不能入文学之列，而只能称作有韵脚的知识读物。"他认为，儿歌创作应该"寓教于乐、寓教于趣"，"先重情趣，次为意义"，"应该像诗一样，让孩子在艺术中能体味出真、善、美，引导他们追求真、善、美。"在《现代儿歌创作随想》一文里，他又说道："不能把现代儿歌的使命只限定在传授知识、讲解道理的框子里，它应与诗具有同样的功效，应该靠形象、音韵、空间为孩子们提供一个优美的意境，让孩子们在愉悦中受到某种启迪。"他强调，现代儿歌的"趣味性"，比生硬的"教育性"和直白的"知识性"传递更为重要，只有具备了一定的趣味，低幼儿童才会乐于接受。这些观点，显示了他对童诗和童诗艺术的爱与知。

再来欣赏几首优美有趣的低幼诗。《大地的耳朵》："冰雪化了／小草生出了芽芽／那绿色的叶儿／是大地的耳朵吗／她想听春风拉琴／还是听小鸟说话／哦，你也不知道／我去问妈妈……"《一群小雨点》："一颗小雨点／它在树叶上跳／落在泥土里／找也找不到／／两个小雨点／一起地上掉／落在草丛中／还是找不到／／一群小雨点／一起来嬉闹／结成小湖泊／一群鸭子水上漂。"《窗前的小树》："有棵小树／长在教室前／老师讲

课 / 它也听 / 老师写字 / 它也看 / 我们放学了 / 它就招招手 / 好像说 / 明天见。"这几首小诗用的都是至浅的语言，却都做到了"寓教于乐"和"寓教于趣"，富有诗的美感，更具诗教的机智。

1981 年，艾青在《关于叶赛宁》一文里，谈到叶赛宁的诗歌特点时，这样说道："（他的诗）是和大自然联系起来的，是和土地、庄稼、树林、草地结合起来的。他的诗，和周围的景色联系得那么紧密，真切，动人，具有奇异的魅力，以致达到难以磨灭的境地。正因为如此，时间再久，也还保留着新鲜的活力。"

例如《雪中的小树》："天下雪了 / 妈妈给我穿上棉袄 / 我成了一只狗熊 / 在雪地上慢慢地跑 // 天下雪了 / 小羊穿上了皮袍 / 可它还是很冷 / 冻得咩咩直叫 // 天下雪了 / 小树什么也没穿 / 爷爷看见了 / 给它围上一捆干稻草。"再如《爱美的小鹿》："花衣花裤梅花鹿 / 头上两棵无叶树 / 小鸟来做窝 / 它说不！不！/ 松鼠来玩耍 / 它说不！不！/ 它站在湖边照镜子 / 要和湖里小鹿换衣服。"同样是写小鹿，另一首《小鹿》则是另一番情趣："水塘边 / 站着一头小鹿 / 它看着水中的影子／心里好不舒服／头上光秃秃的／多难看啊／它真希望／也能像爸爸那样／头上长出／两棵漂亮的小树。"

在《没纽扣的衣裳》里，鲜活的形象和意趣，也是从大自然里发现的："草地是件绿色的衣裳／小花是它的纽扣／大海是件蓝色的衣裳／海鸟是它的纽扣／云朵是件白色的衣裳／可太阳妈妈太粗心了／忘了给它钉纽扣。"再如《湖边的小树》："眼睛是一汪湖水／睫毛是湖边的小树／天热的时候／湖水为小树洗澡／刮风的时候／小树为湖水挡尘土。"这样的诗不仅闪耀着儿童诗美的光芒，同时也能唤起小读者对大自然的向往和热爱之心，润物无声一般，培养小孩子的自然灵性。

小孩子没有不喜欢童话的。钱万成有不少低幼童诗，把童诗的诗意、情趣与童话的想象和叙事结合起来，形成了一种既富有童趣，又带有故事性的小童话诗，同样也起到寓教于乐、寓教于趣的艺术效果。例如两首写小蜗牛的诗，就是典型的小童话诗。《蜗牛和小花》："小蜗牛／慢慢爬／风不怕／雨不怕／别人讥笑更不怕／它要爬到墙上去／去为妈妈采朵花／小花朵／感动了／爬下墙来迎接它。"《小蜗牛上学》：

"小蜗牛，起个早 / 背起书包快快跑 // 跑啊跑，到学校 / 进门还是迟到了 // 蜗牛羞得低下头 / 老师冲他微微笑 // 她说蜗牛走路慢 / 知道着急这就好。"

儿童诗的强项当然不是"叙事"，但在儿童诗里适当添加一点"故事"元素，往往会起到"引人入胜"的作用。例如《一头小猪学唱歌》也是一首寓教于乐的小童话诗："一头小猪没事做 / 跟着小鸟学唱歌 / 小鸟唱 / 小猪和 / 哩啰哩啰哩啰 / 吓跑小鸭和小鹅。"再如《大伞和小伞》："大蘑菇是大伞 / 小蘑菇是小伞 / 大伞撑起了一片天 / 小伞也撑起一片天 // 小青蛙用大伞 / 小蚂蚁用小伞 / 雨过天晴不用伞 / 小兔子拾去当早点。"这两首小诗都很短，却自有一种小喜剧般的叙事效果。

三　永葆童心，留住童年

钱万成在《关于儿童诗》一文中说道，"保留一颗童心，是为儿童写作的基本条件"，也是"进入儿童世界的通行证"，"只有那些富于情趣、能折射出童心灵光的诗，才是儿童们所喜欢的诗。"他在接受

《儿童文学》杂志访谈时也说到，自己一直在努力，"希望能成为少年朋友的知音"。这可不是说着玩儿的客套话。他用自己几十年一步步走过来的创作足迹和实绩，践行了自己庄重的初衷和承诺。

除了童谣、儿歌、低幼童诗，在他的诗歌创作中，写给中高年级的小学生和中学生这个年龄段的儿童诗、少年诗，数量最多，质量也高，多年来从未中断过。《留住童年》《星星树》《童话里的白桦树》《把忧郁交给风——写给青春的校园诗》是这一类儿童诗的代表性选本。

他的心中一直矗立着一棵"星星树"："星星树／是小星星的家／每天夜里／都开满星星花。"（《星星树》）他与自己的童年时代也一直保持着一种天然的联系，从来也没有隔断过。挂在童年树杈上的那一轮金黄色的月亮，好像时刻都在伴随着他，无论他走到哪里，也无论他已经长得多大。

《树杈上的月亮》是一首优美的儿童诗，写出了乡村孩子共通的感受："树杈上的月亮／是我童年的摇篮／那些光怪的梦幻／至今还在里面／／是它的歌谣／喂养我慢慢长大／是它领着我／蹒跚地走出河滩／／那浅浅小小的脚窝／是我写下的第一行诗句／那河里跳动的浪花／是我最早学会的语言／／我被摇大了／可月亮仍挂在树杈上／它是世界上最善良的保姆／属于每一个山村的少年。"优美的意象，真挚的情怀，足以唤醒所有人的童年回忆和心中最温暖的乡愁。

所谓儿童文学作家，更不要说儿童诗作家，其实就是能够"返回"童年的那种人。童话大师林格伦说："为了写好给孩子的作品，必须回到你的童年去，回想你童年时代是什么样子的。"她说，"'那个孩子'活在我的心灵中，一直活到今天。"童年时代的"那个孩子"，也一直"活在"钱万成的心里，是他的"抒情主人公"，也是他抒写和歌咏的对象。他这一部分忆念童年、歌咏童年的诗，最为优美动人，也最温暖，每一首都投入了真挚和温热的感情。

《山崖上有一座小屋》里写道："山崖上有一座小屋／那是山里孩子的家／山里孩子无论走到哪里／永远也忘不掉她。"山野不仅给了自己怀抱里每个孩子生机勃勃的生命，也哺育他们长大，教会他们走路、说话，给他们智慧、梦想、灵性和不折不挠的勇气，所以，"她永远矗立在他的梦里／就像善良慈祥的妈妈/不管她多么瘦小/在儿子心中永远高大"。在《妈妈》里，他写道："妈妈是糖/叫一声/心里很甜//妈妈是衣/想一想/身上很暖//雨中/妈妈是伞/大海上/妈妈是船//我是妈妈的太阳/妈妈是我的蓝天。"在《小时候》里，他写道："小时候/我是一只小蝌蚪/妈妈是我的小河/每天都在/她的怀里游//小时候/我是一只小蜗牛/妈妈是我的小房子/刮风下雨不用愁……"在这些诗句中，童年日常生活中的细微感受与记忆，都不再仅仅是具有个人色彩的东西，而是变成了人类童年共同的感受与记忆，具有了永恒性、文学性和真善美的诗意。

钱万成的儿童诗，无论是形象、意境和语言，大都呈现出单纯、晓畅、明快的风格。这让我想到艾青在《我对诗的要求》里所透露的他对诗的追求："我曾经和少数几个同志谈过，我所努力的对诗的要求是四个方面：朴素，有意识地避免用华丽的辞藻来掩盖空虚；单纯，以一个意象来表明一个感觉和观念；集中，以全部力量去完成自己所选择的主题；明快，不含糊其词，不写为人费解的思想。决不让读者误解和坠入五里雾中。"用艾青先生对诗美的要求来看待钱万成的诗风，是再合适不过了。

他写《北方河》："我是一条小河/从北方的土地上流过/……我将汗水留给小树/愿春天充满绿色/我将汗水留给种子/愿秋天结出硕果//我流过高山/照出高山的巍峨/我流过草原/照出草原的宽阔//我是北方的孩子/黑土造就出我的性格/豪爽里蕴含着果敢/不屈中更体现出执着……"意象明快、单纯，却又不失诗味。他在《金色的摇篮》里写到的一些细节和感受，一定也是印在童年记忆里的难忘瞬间："牛背/金色的摇篮//我在牛背上睡着/彩色的梦/飞遍辽阔的草滩/熟透的野莓/衔在嘴里/乳汁一般香甜//……我醒了/身上盖着/妈妈褪色的衣衫/她微笑着/一朵野花/插在蓬乱的鬓边……"长大后的诗人，怎能忘了这金色的摇篮，忘了妈妈的爱！所以，无论走到哪里，他总会怀念"那饮牛的小河/和河边的木船/还有夕阳/和村庄上/飘起的炊烟"。

他的诗有一种单纯之美，一种归真返璞、化繁为简的朴素之美。比如《静静的小河》："一条小河/静静地流/河水清清/能照见水中的石头//云朵在小河里游/风筝在小河里游/太阳在小河里游/月亮在小河里游……"又如《小松树的梦》："小松树/在冬天里圆

了它的梦／它的梦十分简单／那就是成为／小树中的英
雄／／它不害怕冰雪／也不害怕寒风／在所有的小树／都
落光叶子的时候／只有它枝叶青青……"

艾青在谈到儿童诗创作时，还有一个观点我也十
分认同：儿童诗不可能是太多逻辑思维的产物，应具
有一种"单纯的美"，而要生动形象地呈现出这种"单
纯的美"，就必须"为自己的感觉寻找确切的比喻，
寻找确切的形容词，寻找最能表达自己感觉的动词"。
钱万成的儿童诗，是对艾青这些儿童诗美学观最准确
的诠释。

例如他写《会飞的叶子》："谁都说怕冬天冷／不敢
到野外去／可小麻雀却说不怕／站在光秃秃的树丫上／集体
朗诵小诗。"小麻雀站在光秃秃的树丫上"集体朗诵小
诗"，这个比喻何其生动和新鲜！在诗人看来，那些站
在冬天枝头上的快活小麻雀，是在"给寂寞的老树／添
上一片一片／会飞的叶子"。另一首《鸟是冬天的树
叶》，与《会飞的叶子》有异曲同工之妙："小鸟是
冬天的树叶／给树穿上美丽的衣裳／风儿吹来／树在摇
晃／叶子也在摇晃／／这些神奇的叶子／有时会在忽然间
全部摇落／可不知什么时候／又会神奇地长上……"再

如《幸福的小树》："太阳走在山坡上／小树和阳光拉拉手／它说你留下吧／我们做个好朋友／太阳笑了／没有回头／／云朵走在山坡上／小树扯着衣襟不让走／它说我们一起玩吧／我们做个好朋友／云朵笑了／向它招招手……"单纯和鲜明的形象，新鲜贴切的比喻，加上新鲜的形容词和新鲜的动词，巧妙地搭配起来后，不仅呈现了优美的意境，也蕴含着盎然的童趣和润物无声的哲理意趣。

四　世界上没有渺小的体裁

相对于小说、童话等体裁而言，儿童诗是一种"小文体"，不仅篇幅小，读者也相对较少。无论是在报刊上还是在各类童书中，儿童诗也不是占据显眼位置的文体。但是，儿童诗不可或缺。每个孩子的童年阅读里，如果没有儿童诗的润泽和陶冶，那么这样的童年是不完整的，甚至是一种不知不觉中的严重丧失与缺憾。其中的道理实在无须多说。古代教育圣贤孔子就告诉过自己的儿子伯鱼："不学《诗》，无以言。"

孔子的本意是要伯鱼多读《诗经》，因为《诗经》"皆雅言"，通过学诗可以"多识于草木鸟兽之名"。到了今天，童年里能多读一点儿童诗，就不单单是"多识于草木鸟兽之名"这么"功利"了，其更深远的意义，就是我们今天常说的"读诗使人灵秀"，读儿童诗，关乎孩子的"情商"培养，关乎一个人的灵性、心地、情怀与心灵境界的养成。

钱万成也一直在尝试着用儿童诗去抒写一些"大题材"，去抒发一些崇高、庄严的，甚至是沉重、忧伤的感情。这类诗作，大都出自他的少年诗，即青春校园诗。

生活的天空不全是玫瑰色的，少年的人生也不尽是爽朗年华。有了痛苦、有了忧愁怎么办？诗人在《把忧郁交给风》里这样写："十六岁／应该是一片晴朗的天空／不要让乌云留下阴影／如果你不快乐／就到外面走走／把忧郁交给风／／千万别让痛苦折磨自己／热爱生活更该热爱生命／大树参天经历无数风雨／小溪潺潺总有欢快歌声／遇到困难并不可怕／攀过险隘才能登上高峰／／……在水中就去做一条鱼／在天上就去做一只鹰／鼓足勇气去奋斗／潇潇洒洒才是真正的人生。"

他的少年诗中有一条"情感主线"，就是"希望能成为少年朋友的知音"，与他们谈论各种严肃和庄重的话题。这些话题就像屠格涅夫散文诗中写到的一道高高的"门槛"，谁也不能避开和绕过，尤其是当你进入了少年时代，也如臧克家青年时代在《生活》一诗里所写的："这可不是混着好玩，这是生活。"于是，在钱万成的少年诗中，就有了诸如《站在国旗下面》《我的信念》《写一封信给未来》《只要你做一些你十分想做的事情》《写给自己》《明天，将要远行》《仰望天空》《追赶太阳》《迎风而立》等献给少男少女们的谈心、励志和抒怀的诗。这些诗篇涉及了家国情怀、生命真谛、历史观、价值观、英雄主义等等严峻的青春话题。

　　如《站在国旗下面》，诗人寄希望于新一代少年能正确地理解和处理个人与祖国的关系，并且能拥有一种崇高的爱国情怀和民族自豪感。只要是站在名为"祖国"的这片庄严和辽阔的大地上，站在鲜艳的国旗下面，你的心中应该会升起一种神圣的感情，想象着自己能够"站成一座高山／巍巍峨峨傲然挺立"。他希望每一位少年能成为这样的新人："风雨无法

把我撼动 / 尽可让它吹打千年万年 / 冰雪无法把我征服 / 无论冬天何等严寒 // ……我代表着我的祖国 / 我捍卫着祖国的尊严 / 如果有一天我突然倒下 / 我希望我的肩头 / 再耸立起另一座高山。"在《关于英雄的思索》里，他和少年们谈论了英雄和英雄观这个极其庄重的话题：英雄不是一个抽象的概念，不单单是一些不朽的名字、一个染血的故事、一座高高的纪念碑或一段壮烈的誓词，英雄是舍生取义的献身，是紧要关头的担当和宣示，是太阳永远不落，是野草永远不死，是这个世界的希望、光明和美丽的诗。在这首诗的最后，诗人真诚而清晰地告诉少年们："英雄做我们的路碑 / 我们的脚步就不会迷失方向 / 英雄做我们的旗帜 / 胜利就会永远和我们站在一起。"

如何正确处理个人与集体、自我与世界、个性与共性的关系，往往也是初涉尘世的少年人容易陷入迷茫的青春课题。诗人在《一个人》里这样写："一个人 / 就像一棵小树 / 只要离开林子 / 就会变得孤独 // 一个人 / 就像一只小鸟 / 只有凑到一起 / 才会热热闹闹 // 一个人 / 就像一条小河 / 只有汇聚到大海里 / 才会拥有快乐 // 一个人 / 就像一棵小草 / 只有大家站在一起 / 才不会被风儿吹倒。"在讨论人生的低谷与挫折等话题时，他希望少年一代能够做到："迎风而立／像杉树一样傲然挺拔／用生命支撑起天空／……风在脚下浪也在脚下／在山为峰，在水为帆／任它风吹浪打。"（《迎风而立》）

再如《十三岁的礼物》《时间老人的话》《滴水穿石》《远方》等，都是一些富有哲理和励志意味的抒情小诗。《滴水穿石》："一串串水滴／敲击着坚硬的石板／一滴砰地落下／一滴继而高悬／……滴，日复一日／滴，年复一年／滴，水自有水的坚韧／滴，水自有水的信念……"《十三岁的礼物》："小小红豆／可不是我们十三岁的礼物／十三岁是刚刚破土的草芽／十三岁是一棵／还没有长高的小树／……十三岁送人最好的礼物是微笑／微笑是一颗美丽的珍珠。"《永远不要寂寞》："小鸟如果寂寞／就不想站在树上唱歌／树很痛苦／可它没有嘴／没法述说／／小树如果寂寞／叶子也会沉默／风就会害怕／像小朋友犯了错误／四处乱躲／／……男孩子、女孩子／只要是孩子／就永远不要寂寞／天天开心时时开心／守住童年／守住快乐……"这些小诗，亦诗亦哲，情理并茂，有思辨色彩，又诗意清扬，隽永有味。

世界上没有渺小的体裁，只有渺小的诗人。儿童诗、少年诗能不能写出大格局、大境界？这是不言而喻的。那么，如何去写出大格局、大境界？却是对每一位儿童诗创作者不小的考验。儿童诗从来就不是一个渺小的体裁，但它能检验出一个诗人的心志、情怀、境界和文学素养是不是渺小。钱万成的少年诗在这方面为我们树立了一种创作风范。

犹记得二十世纪八十年代，我们这一代作者开始进入儿童诗领域时，大家有一种共同的认识和追求：儿童诗首先必须是美的，美的情怀、美的意境、美的语言；儿童诗应该是明亮向上的，向少年儿童传达出时代精神之美和世道人心之美，传达出清晰和明亮的价值观。直到今天，我仍然认为，这是一些基本的，也是永恒的价值判断标准。无论社会怎么转轨、文化怎么转型，这些恒定的价值观和诗学准则，都不应消失和改变。可惜的是，在当下的儿童诗创作中，这些价值标准和美学标准，好像正在变得模糊和稀薄。不少颇有才华的儿童诗作者，一味追求所谓"儿童游戏精神"、所谓"好玩的儿童诗"和童诗创作的"个性化"，从而"舍本逐末"，毫无节制地，甚至是恣意地在儿童诗中炫技、逞才，玩弄辞藻、意象和机巧，连真正的儿童情趣、生活和心灵之美，都变成了可有可无的东西，遑论传达时代精神之美，抒写当代少年儿童的整体精神追求，传递清晰明亮的价值观了。结果，有的儿童诗，别说小读者看不懂，就连成年人也看不懂了。相比之下，钱万成的儿童诗，可以说是从二十世纪八十年代流淌而来且从未间断，至今依然清清亮亮的一道宝贵的"清流"。

2021 年农历雨水之日，武昌梨园

汉字的美育，诗歌的陶冶

中国汉字，横平竖直，堂堂正正；一撇一捺，结构严谨；提手弯钩，美不胜收。象形、指事、会意、形声、转注、假借，汉字六书，皆充满智慧创意，真是妙不可言，因此才有"仓颉造字而使天地惊、鬼神泣"的神话传说。

以前的小学五年级《语文》课本里，曾选入抒情诗人刘湛秋的一篇散文《我爱你，中国的汉字》，其中写道："这些用笔画组成的美妙图画，这些由横竖撇捺构成的奇妙组合，同人的气质多么相近。它们在瞬间走进想象，然后又从想象中流出，在记忆中留下无穷的回味。这是一些多么可爱的小精灵啊！在书法家的笔下，它们更能生发出无穷无尽的变化，或挺拔如峰，或清亮如溪，或浩瀚如海，或凝滑如脂。它们自身有一种智慧的力量，一个想象的天地，任你尽情飞翔与驰骋。在人类古老的历史长河中，有哪一个民族能像中华民族这样拥有如此丰富的书法瑰宝呢？"

诗人像在写抒情诗一样，尽情抒发了对美妙的汉字和美丽的母语的热爱、赞美与自豪的感情，同时他也产生了一个饶有意思的联想：为什么中华民族能拥有异常丰富的诗歌传统？也许，正是因为美丽而富有魅力的汉字，给使用它的人带来了无限的诗歌灵性。"看着这些有色彩、有声音、有气味的字词，怎能不诱发你调动这些语言文字的情绪啊！"

中国台湾地区的诗人、童书作家林世仁先生，与大陆的诗人一样，充满对汉字的敬仰与热爱，坚信汉字是"中国文化的基因库"，"有了它，我们便能回到过去，和古人聊天、生活，同游千年的繁华"。他创作了三册系列诗歌作品《字的小诗》。

"为一个字献上一首诗，是我的初心，也是我对中国文字的顶礼赞叹。"他用童趣盎然的小诗传达中华汉字的奇妙与美丽，通过将近200首"字的小诗"，唤起读者对"从三千多年前便一路向我们奔来、与我们相逢于此时此刻的中国汉字"的热爱、珍惜和敬畏之心。

只要展开想象，打开全部的记忆力和感受力，你就会发现，每一个汉字，都是一首诗，都有自己的故事，甚至都是一个小世界或一个小宇宙。例如，"一"这样简单的一个字，诗人却把它写成了一首隽永的小哲理诗：

再少一点——就没有了
再多一点——就不是自己

像地平线 划开了天和地
像海平面 划开了天和海

就这么短短一画
便划开了有和无

便在天地之间留下了
永永远远都不会消失
最小 却最有力量的
开始

再如《乙》由"乙"的书写形态生发出联想："全

世界最漂亮的小可爱／毕加索也画不出／凡·高也想不到／简简单单一笔／就画出了水波上／悠悠哉哉／抬头挺胸的／小鸭子。"

　　同样是由字形产生的想象，《小》写得像一篇有故事、有对话的小童话，而且，作者别出心裁地运用了字号的变化，把这个"小"字变得更为生动形象，整首小诗有了"图像诗"的意味：

　　　　一只小企鹅
　　　　伸着两只小翅膀
　　　　小脚一撇，呆呆站着

　　　　"小企鹅，你要去哪里？"

　　　　"我不知道。
　　　　冰山越来越小，
　　　　我不知道能去哪里。"

　　　　大中午，企鹅越聚越多……
　　　　它们的影子却缩得好小

就像冰山在大海里那么小

那么的

小小小小

小小小

小小

小

　　作者把"朵"字想象成"一棵小树／戴着一顶大
帽子"（《朵》）；由"而"字，想象到奶奶的木梳子、
爷爷的大耙子、叔叔演戏的假胡子，最后想象成小孩
子梦中的"聪明刷"，只要刷一刷小脑袋瓜，"我又
变聪明啦"（《而》）；"劣"，是一个贬义和负面
意味的字，但作者却写出了"励志"的意味。作者先
是根据字面，提出了一个问题："少出一点力，会怎样？"
接着又告诉小孩子说："如果是拔河，你就输了！如果
是跑步，你就慢了！如果是比手腕，就赢不了！只要是
'少出一点力'，连跟自己比，都退步了呢！"（《劣》）
　　汉字是象形的艺术，也是会意的艺术，同时也是
指事（故事）的艺术。作者作为童诗诗人和童话作家，
赋予了许多汉字以美丽的故事，但又并非"无厘头"

的编撰，而是有迹可循、紧紧围绕着某个汉字展开的联想。例如《明》："白天，太阳想着月亮／晚上，月亮想着太阳／他们喜欢对方／却不能在一起／好心的文字精灵／让他们在文字里相会／太阳、月亮一牵手／全世界都大放光明！"

作者在有的汉字故事里，还融进了实用的知识和认知、造句功能。例如"尘"字，在古代写作"塵"（繁体字），是尘埃的意思。作者为"尘"字也写了一首优美的、抒情的小诗："我是小小的泥土／别看我们细细小小／一小粒，能让你眨眼睛／一小粒，能让城市闭上眼睛／今天我们又飘了起来／放心，不是一大群／只是一小片／不是大风吹，不是机器扬／是一群鹿／它们踢踢踏踏奔过去／我们就在空气中／轻盈地飞，狂乱地追／快乐地跳着／小小的／飞尘之舞。"

"假"这个字，有虚假、不真实，也有假如、如果，还有假日、放假的意思。那么小孩子看到这个"假"字，会想到什么呢？《假》是这样写的："假如学校被台风吹跑／我就可以放假了！／假如老师被外星人抓走／我就可以放假了！／假如狮子闯进学校／我就可以放假了！／假如教室淹大水／我就可以放假了！／假如课本

统统不见 / 我就可以放假了！/ 假如我假装生病 / 我就可以放假了！"当然，还有一个可能，这个聪明的小孩也想到了："假如这首诗被老师发现 / 哇呜——我就不能放假了！"小诗里真实而恣意地表达出了今天的小孩子共有的心声，童趣盎然。

再如《当》这首小诗："黄昏，当夕阳亲吻大地 / 街灯对天空眨了眨眼睛 / 天空吓一大跳：/ '哎呀，星星怎么掉到地上了？' / '我们搬家咯！不再当星星。' / 街灯呵呵笑 / '快回来！别逃家。' / '不回去！不回去！' / 当星星亮起来 / 天空发现自己上当了 / '哼——'气得脸都黑了。"在这首小诗里，作者通过简单的形象组合，把"当"字的几个意思和几种用法都告诉了小读者，机智而风趣。

作者为每个汉字写诗，有他自己的创作"秘辛"。他在《看字联想——和文字面对面》这篇前言里说："我一看到汉字就像看到积木游戏一样。我把它们一个一个迎进心里，用想象力去拆解，看看它们会告诉我什么新鲜故事……在想象的天地里，它们一个个脱开'说文解字'的知识框框，展现出'再创造''再变化'的能力。"也因此，每个字在作者笔下都仿佛变成了昼夜翔舞的"字的精灵"，活色生香，活灵活现。

《窠》："是小松鼠在洞穴里藏了一颗小果子？小果子慢慢长成了大树，大树上又长出了大果子……"《兵》："远远一座小山丘／悄悄长出脚……／往前移，往前移动……／敌人没发现，还在打瞌睡／小山丘，一下子跳起来／'不准动！快投降！'／啊，原来是伪装的阿兵哥！"另一首《碧》，写成了一个纯美、羞涩的"爱的故事"："王先生和白小姐坐在石头上／他们在想什么呢？／王先生好想说：／'你看，那碧绿的湖水／像不像在邀请我们去划划船？'／白小姐好想说：／'你看，那绿油油的草地／像不像在邀请我们去散散步？'／可是，王先生和白小姐／只是静静地坐在石头上／静静的，谁也没有说话。"

这三册献给汉字的小诗，分别是《字字小宇宙》《字字看心情》《字字有意思》。林世仁先生是公认的童心蓬勃、才气过人的童书创作名家，不仅有良好的中华优秀传统文化修养，对于现代艺术和童年诗学，也有自己独特的领悟和理念。他写"字的小诗"可谓举重若轻，得心应手，若有神助，左右逢源。诗人把每个汉字所蕴含的美丽、智慧与理趣，与童诗带给小读者的想象、感动、励志与游戏精神，巧妙地融合在一起，一字字、一首首读来，让小读者既接受了中华汉字丰富的文化熏陶和美育滋养，也乐享了现代童诗的润泽与陶冶。

2018 年夏天

飘散着苹果气息的诗与画

谁见过小小的苹果花蕾绽开的样子?

当苹果花还是小小的花骨朵时,就像一个无比娇羞的小姑娘,有着红艳艳的脸庞,紧紧抿着娇艳的小嘴,等她迎着明媚的春光慢慢绽开时,小小的脸庞渐渐变成了粉红色或纯白色。一朵朵,一簇簇,并排着,簇拥着,灿烂的苹果花,挤满了每一棵枝叶纷披的果树,使整个苹果园都散发着清新的芬芳,吸引来漫游四方的小蜜蜂们。这样的日子里,你从苹果树下走过,还会看到每棵树下都像是铺着一层洁白的花瓣毯子。

苹果花盛开的时候,春天已经涉过欢腾的洒渔河,来到了"苹果爷爷"的小村庄里,来到了山脚下和山岭上的苹果园里。

《亲爱的,你好,晚安》这本图画书,就是献给"苹果爷爷"和他的苹果园的一支赞歌。

新鲜苹果的芬芳气息,抒情诗歌缓缓的、循环往复的深情宣叙，还有图画里青绿的色彩、明媚的光影……汇成了一阕情思奔放的奏鸣曲，一支余音绕梁的咏叹调。

在我们已经看到的众多图画书中，这是一树鲜亮的繁花。

它是长篇的抒情诗，是诗与画的交响，是对人类、大地、星空、山川、草木，对遥远时空和无限远方的温暖瞩望与畅想……

图画书里的主人公"苹果爷爷"，来自一个真实的人物，一个真实的故事。

六十多岁的周邦治爷爷，是云南乌蒙山区洒渔镇弓河村一位地地道道的果农。每年早春，从苹果开花的时候起，他就在自家的苹果园里起早贪黑地劳作，不是剪枝、松土，就是施肥、浇水。乡亲们都说，老周对待山坡上的苹果树，比对自己的孩子还要耐烦和细心。

周爷爷家里种植了二十多亩苹果。平时他也把自己学到的每一样技术和手艺，一点一滴地传授给了想种植苹果的乡亲。几年前，他和几个村里人一起成立了一个"苹果种植合作社"，带领乡亲们闯出了一条共同致富的路子。

　　按说，周爷爷种苹果，每年收获不少，日子也过得富足了，应该好好享受一下幸福生活了吧？可是，过惯了勤扒苦做日子的周爷爷，从来不舍得乱花一分钱。村里有一所弓河小学，周爷爷每年都会拿出一些钱来，资助一些家境困难的学生娃儿；有的乡亲遇到了什么难处，周爷爷也总会尽力帮扶和周济。但他自己连一件新衣裳也舍不得买，常年穿的一两件旧衣服，已经洗得发白了，还打了补丁，却总是舍不得扔掉。

　　2019年还算风调雨顺，周爷爷种的苹果获得了大丰收。秋天里，他把苹果收获下来，一部分发送给常年的订户，还剩下十吨左右。周爷爷小心翼翼地把它们储藏了起来，准备来年春天卖个好价钱。不料，来势汹汹的新冠疫情，把周爷爷的美梦瞬间击碎了。

　　疫情暴发后，他每天盯着电视新闻看，看到医务人员不顾安危，日夜奋战在武汉的抗疫一线，有的几天几夜都不能合眼，有的因为疲劳过度，呕吐了，晕倒了，周爷爷心里难受极了。他跟家里人商量说：2014年，咱鲁甸发生了地震，人家湖北又是派人，又是送物资帮助我们。现在武汉那边物资紧缺，我们拿不出什么更好的东西来，家里不是还储藏着十多吨苹果吗？我想把这些苹果送过去，给那里的医务人员补充一点维生素，增强一点免疫力，也算是我们全家对国家的一点回报和感恩吧。

他的想法得到了家里人的一致赞成。周爷爷立刻请来乡亲们帮忙，打开储藏库，挑灯分拣和筛选苹果，连夜装箱。"一定要挑选最大、最红的，小的、有疤的，一个也不要装进去。"周爷爷不停地叮嘱。

但这时候往武汉和湖北走，是要冒着极大危险的。周爷爷心里也明白此行的艰难和危险，他安慰家人说："想想在武汉的医生、护士和解放军，人家能在那里拼命，我们有什么好怕的？这时候不为国家尽点力，还要等什么时候呀！"

从昭通洒渔镇到武汉，路途遥远，单程有近1500公里，需要翻山越岭，冬季里还有风雪天气，估计路上要走两天两夜。2月12日早晨，昭通下起了大雪。但是，重达十吨、价值约十五万元的苹果，已经稳稳地装上了卡车。周爷爷亲自押车，陪着开车的迟师傅，顶风冒雪，向着武汉出发了。

这个时节，沿途公路上和服务区里很少有人影了，有的服务区里连口热水都不易找到。一路上，饿了，他们就快速地吃点干粮；困了，就把车停在服务区，趴在驾驶室里打个盹。满满的一车苹果，周爷爷和迟师傅谁也没舍得吃一个。他们穿过凌晨时分的大雾，走过结了冰凌的公路，上午在眼前飞舞的还是雪花，下午又变成雨水了……到2月14日接近中午，他们的卡车下了高速路，到达了已经封城的武汉市的一个收费站，屈指一算，果然已经在路上走了两天两夜。

执勤人员一看通行证，知道这是一辆从云南远道而来送苹果的卡车，感动得立刻给周爷爷和迟师傅敬了个礼，很快就给他们办好了放行手续。

当晚，周爷爷送来的这车苹果，就被分送到了奋战在湖北省妇幼保健院、武汉大学中南医院等抗疫一线的医务人员手上。"昭通苹果这么大、这么红！真好吃，真甜！"吃着苹果的医护小姐姐，给周爷爷起了个亲切的雅号——"苹果爷爷"。

不过，她们并不知道，苹果爷爷陪伴着这一车苹果日夜赶路，一路上吃了两天的干粮和冷水泡面，两天两夜都没有好好休息过，所以，周爷爷到达武汉时，腰痛得有点直不起来，眼睛也有点看不清了。

志愿者们在帮着卸苹果的时候，周爷爷累得实在站不稳了。正好街边有一条长椅，他想过去坐一会儿，刚坐下不一会儿就睡着了。早春的寒风，吹着他稀疏的白发。一点点阳光，照亮了他脸上没有被口罩遮住的皱纹。大街上空空荡荡，但是整座城市好像都在默默地向这位善良的老人致敬：辛苦你了，苹果爷爷，谢谢你！

卸完了苹果，医院的领导想留周爷爷和司机在武汉住一晚。心地善良的周爷爷，凡事总是先为他人着想，就跟司机商量说：这个时候我们就不要给武汉添麻烦了，还是早点返程吧。

后面的故事正如图画书里所写的那样：

一辆空空的货车正穿越寂静的街道，
来不及喝一口热水的苹果爷爷，就要重返云南。
他只能在心底深深道一声：再见了，武汉——
仿佛一切未曾发生，宁静归于大河大山。

晚安，磨山脚下郁郁葱葱的植物园，
晚安，东湖里所有的小虾米和老鱼王。

晚安虫子们，冬天已经来了，春天还会远吗？
你们定会在春光下苏醒，在树的肩膀上欢唱。

晚安，大桥上闲逛的野猪妈妈和野猪娃娃，
晚安，宽阔的水面，慢吞吞、好脾气的大轮船。
每个孩子都该知道，家就是一家人在一起，
无论春秋冬夏，家就是妈妈在的那个地方。

就这样，苹果爷爷和司机迟师傅，连武汉的一口热水都没喝上，又连夜踏上了近 1500 公里的返程路。两个人还得走上两天两夜的风雪路程，才能回到家乡洒渔镇。回去后也不能回家，还要在镇上的简易招待所里隔离 14 天。

萧萍是一位浪漫主义者，一位杰出的抒情诗人，也是一位在儿童文学艺术方面孜孜不倦的探寻者。在创作中，她喜欢不断挑战新的艺术难度和高度。

这本图画书的抒情长诗的文本，曾数易其稿，几经打磨。几乎每一个修改的版本，我都有幸拜读过。每次我都觉得，很好了，已经很好了！但萧萍依然还不满足，没过几天，又会有一个新的文本发给我看……

我知道，她要抒写的，不仅仅是献给这位善良的"苹果爷爷"一个人的赞歌。不，除了苹果爷爷，她还要抒写——

一支献给有着"苹果花苹果花，勤劳的人儿在说话"，有着"可爱的洒渔镇月亮"的大地的赞歌。

一支献给一座"永远不低头、不服输、屹立不倒、铁骨铮铮"和"华灯初上、人声鼎沸、熙熙攘攘"的英雄城市的赞歌。

一支献给"如同维也纳最孤独的大提琴、恒河最寂寞的小沙砾、必将迎来胜利的欢呼与掌声"的人类的赞歌、世界的赞歌。

我试想过，这个故事，这个题材，假如换成我们通常很容易看到的那种传统的叙事文本样式，会是什么样子呢？

我想到了诗人里尔克的诗句："凭着这温柔的姿态，你可以把握整个世界，而依靠别的肯定不能。"是的，"依靠别的肯定不能"。这是因为，无论是主人公"苹果爷爷"的故事，还是发生在 2020 年春天的那场刻骨铭心的、全国上下万众一心的抗疫行动，都不是一个普通的"小文本"能托载得起的。就像有人希望德莱塞把他一部840页的小说，最好能写成420页时，《纽约时报》却为他辩护道：不，题材太大，无法写小。

此刻，比"苹果爷爷"和他运送苹果的车子走了更远，也更长的时间，这本飘散着苹果气息的美丽图画书，已经呈现在大家面前。当你翻看图画书的时候，在乌蒙山区洒渔河边，苹果爷爷的苹果园，又到了人们笑语朗朗、收摘苹果的时候了……

2021 年农历白露前夕，写于武昌梨园

献给孩子们的"日安课本"

当年还在出版社工作时，我曾编辑和出版过一册老诗人绿原先生翻译的、德国著名儿童文学家约瑟夫·雷丁创作的儿童诗集《日安课本》。这个译本，先后有湖北少年儿童出版社、湖北教育出版社两个单行本，并收入人民文学出版社十卷本《绿原译文集》第三卷。

跟着诗人绿原先生的美妙译笔，我们走进了雷丁所创造的风趣、快乐和澄澈的儿童诗世界，感受到了一位杰出的童诗大师的智慧、善良、幽默而又广阔的文学情怀。

虽然不知道余金鑫是否曾读过这册儿童诗集，但我从他的这本儿童诗集里，似乎又惊喜地领略到了约瑟夫·雷丁的那种迷人的童趣和童诗创作智慧。所以我愿意把余金鑫的儿童诗集，称作"中国版的《日安课本》"。

余金鑫的儿童诗最明显的特点，不仅在于真诚、自然、清浅的文字风格，而且在于富有想象之美和智慧之美。这些文学特质和魅力，润物细无声一般地流淌在他笔下的儿童日常生活和天真未凿的童心世界里。

《早读》写的是小学生们的日常生活和儿童心理，意境开阔、童心灿烂而诗情饱满：

你怎么春眠不觉晓呢

你没有处处闻啼鸟啊

你听见夜来风雨声吗

你数不清花落知多少吧

快起床

打开窗

春天在喊你

你听见了吗

快点亮开嗓门

给春天一个回答

《生字》写的也是小孩子的日常生活，一个独特的细节描写，让一首小诗顿时变得生动起来，童趣盎然：

"盐"

这就是厨房里的"盐"吗

它应该是白色的

它应该是一粒粒的

它应该是溶化很快的

等等

我用舌头来舔舔

试试咸不咸

对儿童心理的细腻揣摩和独特发现，也休现在诸如《与李白对话》《老课本》《铅笔们的假期》等篇什里。如《铅笔们的假期》，形象生动，构思新奇，写出了儿童们的一种真实的心理感受：

铅笔们

忙碌了一个学期

这会儿安静下来

轻松一口气

铅笔头

一路奔跑下来

用尽浑身气力

断了笔尖的一支

正在后悔自己不小心

低头不语

崭新的一支

笔尖初露

跃跃欲试

不错

小伙伴们

尽了努力

为了书写

更美好的文字

假期到了

该休息就休息

好的儿童诗，给小读者带来的不仅仅是真善美的

"教育"，也不都是情感上的润泽与感动，有时就是为了给小孩子带来一种惊奇和狂欢。例如《家人》写一个小孩第一次来到一座山上，觉得"小鸟怎么在叫我的名字呢"，而且声母像，韵母也像，有只小鸟好像还在叫他的乳名，另一只小鸟，好像在不停地叫他的学名。最后，这个孩子想：莫非小鸟是我的家人？或者我是小鸟的家人？这种新奇的想象，足以让小孩子感到一种惊喜！这就是童诗的魅力所在。再如那首《问春风》：

遍地青草

真的是春风吹又生的吗

老爸头顶上的头发

一直没有长出来

我要问一问

春风与老爸

究竟是谁

不给力

这就不仅仅是一种新奇，而且含有幽默、夸张和戏谑的成分。幽默和戏谑，夸张和好玩，甚至是"无厘头"的故事和细节，也是儿童诗的创作智慧里必不可少的东西，也就是我们经常说到的"儿童游戏精神"。

余金鑫的儿童诗里有约瑟夫·雷丁式的风趣和幽默，也有美国儿童诗绘本作家、幽默大师谢尔·希尔弗斯坦式的夸张和戏谑。

例如《捉妖怪》写的是大多数小孩子对"妖怪"的一种认知和感受：电视、电影、手机、图书中的妖怪，总是在夜晚跑出来，躲在阴影里，站在灯光外，或者在壁橱中睁着一只眼，跟着老鼠爬过窗台，有时闯进梦中，专门欺负小孩……所以，有的小孩很自然地就会产生这样的想法：

妖怪

妖怪

老妖怪

可别让我捉住了

捉住绑到街上卖

再如《小舵手》，也是一首充满儿童想象、夸张、幽默感，富有儿童生活情趣的童诗：

暴雨用手

捂住天空的脸

怎么也想不到

遥远的大海

突然来到了家门前

这开的是什么玩笑

这观的是哪门子海景

雨衣作船

小伞当舰

一个个小舵手

划开一朵朵浪花

护卫家园

希尔弗斯坦常用一种夸张的假想和想象，以一种智慧、宽容的心态，去表现对童心、对童年希求的尊重与呵护，用一种童话般的结局，去满足孩子们心中最美好的愿望。余金鑫显然也深谙此道。

《街头相声》《我的虎妈》《家中的王》《国际不打小孩日》等篇什，皆属于此类。例如《国际不打小孩日》：

熊孩子们

早就盼望着

有这一天

这一天

你可以

睁着眼睛把懒觉睡完

变着法儿向爸妈要零花钱

把客厅翻个底朝天

课本作业本扔得远远

骑着单车房前屋后乱窜

掐花

遛狗

掏鸟窝

傻吃冰淇淋

一身泥巴

闯进书房

在钢琴上乱弹

别说我没告诉你

4 月 30 日

犯浑

发疯

调皮

捣蛋

一年中

你只能放肆这一天

诗中写出了一种天真、自由、恣意的童年生活状
态,这才是所有成年人都应该去尊重、保护和引导的
一种健康的小童年。《我的虎妈》里,也写出了一种
真实的儿童生活和心理状态,带有夸张和戏谑成分,
不禁令人莞尔:

我属虎

老妈

你当然是虎妈

你一说时间要到了

闹钟马上响起来

闹钟也听你的

你让我上学带上伞

放学果然下起了雨

天空的秘密你也知道

你一口说出

大堆物价

电脑噼里啪啦

算了半天

不错一分钱

你说我是虎女

会成为学霸

这个嘛

恐怕还要走着看

当然，儿童诗也像所有的儿童文学一样，不能缺少"教育"。但是在这方面，儿童诗会要求作家具有深邃的观察力、发现力以及最智慧、最高妙的表现方式，善于深入浅出，也善于寓教于乐、润物无声。在余金鑫的童诗里，像《糊涂虫》《青涩的果子》《马虎》等，都是堪称精妙、富有理趣的"教育诗"。

诗人也得心应手地、充分地发挥儿童诗"浅语艺术"的特长，尽可能地使用短句、超短句（有人也称之为"截句"），甚至整本儿童诗集完全舍弃了标点符号，以保持每一首诗的干净、纯粹、精练和清浅。这种艺术处理方式，未必是所有儿童诗诗人创作的方向，但也不失为一种有益的探索和试验。正如他在《青涩的果子》里所写的那样：

不用急

青涩的果子

你还要

在太阳下多晒晒脸

在暴雨中多洗洗澡

在黑夜中多数数星星

才会甘甜

著名出版家周百义先生，古道热肠，不忘桑梓，对自己家乡的文学事业和文学乡党，一直念兹在兹，不遗余力地予以关注和扶掖。承蒙他推荐，使我有机会拜读了他的乡友余金鑫的这本儿童诗集，也借此认识了一位来自中原大地的优秀儿童诗作家。遵百义所嘱，将我阅读这本儿童诗集的感受略述如上。这些感受和判断未必准确，仅供余金鑫诗友参考。

　　　　　　　　　　2018 年 8 月 14 日，武昌梨园

每个闪亮的名字

2020 年漫长的春天，对于每一位中国人来说都是刻骨铭心的。无论是生活在武汉这座大城里的居民，还是一支支从全国各地星夜驰援武汉的白衣执甲的医疗队，都在这座英雄之城里经受了生死考验。

《我想知道你的名字》（左昡著，苏童绘）是一首献给春天的诗，也是一阕献给生命与爱，献给中华民族坚韧不拔和勇往直前的伟大精神的英雄赞歌。这首长诗从牵动着全国人民忧思的这个除夕之夜写起：

除夕的夜里
你轻轻为女儿擦去眼泪
立刻出发

你是妈妈　是爸爸　是儿子　是女儿
是哥哥　姐姐
是弟弟　妹妹

这一夜

你却把家和团圆都丢下了

把家和团圆丢下的人啊

一个　一个

我想知道你的名字

作者举重若轻、化繁就简，选取最温暖和最动人的细节，把叙事和抒情交织在一起，融进真挚和温婉的笔触里。

长诗的第一个乐章，是献给在除夕之夜告别父母、孩子、恋人、兄弟姐妹和战友，在茫茫夜色里抵达武汉的军医将士们的。茫茫人海里，你是哪一个？奔腾的浪花里，你是哪一朵？也许，正如一首歌里所唱的，"不需要你认识我，不需要你知道我"。听从着祖国的召唤，当你把自己融入一股滚滚向前的铁流的那一刻，你的名字，就已经写进了这个春天，山也知道你，江河也知道你，祖国更不会忘记你。

接下去，作者继续用一种如江水流动、回旋往复般的叙事和抒情句式，依次抒写了奋战在这个春天里的不同的人。写披甲出征、敢于逆行向黑暗的白衣天使们：

　　你帮你的同伴剪短头发

　　对她说

　　上！我们都别怕！

　　……

　　不后退的人啊

　　一个　一个

　　我很想知道你的名字

　写争分夺秒抢建火神山医院、雷神山医院的建设
者们：

　　崭新的工地上

　　你没有白天

　　没有黑夜

　　你50个小时没有睡觉

　　……

　　创造出奇迹的人啊

　　一个　一个

　　我好想知道你的名字

写同样是逆行在风雨中的快递员和任劳任怨的志愿者们：

　　　　冷清的街道上

　　　　你跑来跑去

　　　　送餐

　　　　送菜

　　　　送口罩

　　　　送一丝街道上

　　　　原来的欢快和热闹

　　　　……

　　　　只为让大家安心不出门

　　　　而出门的人啊

　　　　一个　一个

　　　　我真想知道你的名字

　　接着，作者又写了一趟一趟默默接送医护人员上下班的"专用司机"，写了深入医院、工地、街道采访报道，"却从没提到过你自己"的新闻记者，写了正在每一个屋顶下、每一个亮着灯光的窗口前"承受痛苦"和"面对恐惧"，用一家一户的命运，"承担

起所有人的命运"的武汉人。最后,作者这样写道:

> 请让我们知道你的名字
>
> 每一个
>
> 普普通通的名字
>
> 每一个
>
> 挺身而出的普通人

当然,谁也不会一一知道,这些普通又闪光的名字叫什么。这些名字,有科学家、医生、护士、公务员、警察、街道"网格员"、志愿者,还有快递员、环卫工人、保安、城管、村民……这些名字,也像这个春天里的悲伤、痛苦、坚强、奋起、胜利、伤逝和怀念一样,永远地铭刻在这个春天的记忆里,如樱花和杜鹃的盛开,如江汉关钟声的响起,如长江两岸新的黎明的到来。

细心的读者会发现,在这本诗体图画书的前后环衬页上,印有许多"名字"。也许你能从中找到你想知道的某个名字。但是这些用汉字写成的名字,仍然只是一些"象征",象征着所有坚韧不拔、英勇不屈、勇于拼搏，也敢于胜利的英雄儿女。

　　这本抒情图画书的水彩绘画，也是虚实相间、浓淡相宜。刻画人物的时候，有的细节细腻而写实，例如对军医战士、白衣天使等人物的眼神、神态的刻画；描写城市风景的时候，又十分洒脱和写意，例如对黄鹤楼和一桥飞架南北的长江大桥的描绘，视角开阔，尽显一座英雄城市的气象；还有一幅樱花的画面，既是典型的武汉元素，又是一种淋漓尽致的大写意，恰与文字上的抒情交相辉映：

　　承担起所有人命运的人啊

　　你　你　你们

　　一个　一个

　　数不清的一个个

　　我想知道你的名字

　　毫无疑问，这场突如其来的新型冠状病毒疫情，对于整个国家和民族来说，是一场严峻的"大考"；而对于我们的孩子们来说，又是一堂前所未有的"大课"，是一本特殊的"教科书"。有多少可歌可泣的故事，值得我们去书写、去讲述，又有多少默默无闻却闪闪发光的名字，我们应该知道、感恩、铭记。

怎样给当下和未来的孩子们讲述这个特殊的春天的故事？怎样去给孩子们讲述这场伟大的抗疫行动？怎样从这些故事里擦拭和寻绎出诸如生命教育、爱国教育、励志教育、爱心和感恩教育、科学和健康教育、人类命运共同体教育等等"成长课题"？可以想见，在未来的日子里，必定还会有很多作家和很多本书，共同来完成这个使命。

《我想知道你的名字》这首长诗，在如何巧妙地讲述发生在当下身边的真实故事，同时又不损失儿童文学和图画书的"文学性"与叙事魅力这个问题上，给我们提供了一个比较完美的范例。它是一首献给春天的诗，是一阕献给英雄儿女们的赞歌，也是一捧献给 2020 年中国儿童诗坛的红樱桃。

2020 年 6 月 23 日，东湖梨园

万物有灵且美

　　巩孺萍是一位兰心蕙质的散文作家，也是一位童心灿烂、文笔清丽的童话诗人。她写过一部回忆童年生活的散文集，用自己的一幅幅小素描、一段段小叙事，呈现了存藏在记忆深处的一些小物件之美，也带着我们重返过去的旧时光，重温了一次朴素、单纯和天真烂漫的童年之美。她还写过不少童话诗和儿童故事诗，融童话的幻想、饶有童趣的故事、诗歌的抒情韵味于一体，赢得了很多小读者的喜爱。她因此也成了儿童诗创作领域里少有的"童话诗人"。

　　现在，摆在小读者面前的是她的三本儿童诗新作。这三本书，以大自然中的花草、动物为主人公，用一首首短小的童诗，抒写了诗人对五十种花草、五十种昆虫及五十种其他动物的生长习性和生命特点的观察与发现，构成了一个生机盎然的、小小的"自然三部曲"。

它们是绿色的大自然之书，是对万物有灵且美的礼赞之书。仔细读来，字里行间回响着啾啾鸟语、唧唧虫声、呦呦鹿鸣，也回荡着斑马的蹄音和乌鸦的欢唱……

它们也是温暖的美德之书，是对生命、成长和智慧的发现之书。这些拟人化的、带有童话色彩的儿童诗里，处处透出对自然万物的敬畏，对一草一木、小虫小兽的友善与爱护，让小读者们从一些饶有童趣的小细节中，体会到生命的美丽、丰饶和温暖，进而培养出热爱生命、善待自然、感恩世界的美好感情。

《论语·季氏篇》里有一节，讲到了中国教育的先哲和祖师孔子的一个故事。有一天，孔子独自站在庭院里思考问题，他的儿子伯鱼正好经过那里，孔子就叫住他问道："你是否在读《诗》啊？"儿子恭恭敬敬地如实回答道："还没有呢。"孔子不禁感慨说："不学《诗》，无以言！"意思是说：这样太可惜了！一个人不好好读一点《诗经》，长大后恐怕连话都不会说呢！

这个故事告诉我们，孔子强调学习《诗经》的实用价值，正如他在另一些场合所说的，《诗经》"皆雅言"，多读一些《诗经》里的诗歌，可以"多识于草木鸟兽之名"。

阅读这三本儿童诗集，小读者们从中同样可以"多识于草木鸟兽之名"。因为这三本书也是关于花草、动物的"知识小百科"。作者不仅为每一种花草、动物写了一首童诗，还用简洁、精确和有趣的散文文笔，一一描述了自己对它们的外形、生长习性、生命特点的观察与认识。这些小科普知识，有的可能就来自作者自己小时候在田野上的观察与发现。

例如《草精灵》这本童诗集，就带着小读者去认识了节节草、知风草、白车轴草、酢浆草、打碗碗花、爬山虎、灯笼草、紫斑风铃草、凤仙花、田字草、狗尾草等五十种姿态各异的花草。

这些花草，有的是小朋友平时见到过，也叫得出名字的，如狗尾草、打碗碗花、爬山虎；还有很多花草，是小朋友们平常可能见过，但未必能叫得出它们的名字，更不一定会知道它们的生长习性和生命特点的。

作者为它们写下的一首首小诗，风格各异，却都饶有童趣。每一种花草的习性特征各有不同，所以，作者为它们写的童诗也风格多样，有的是一首小童话诗，有的是一首小叙事诗，有的是一首小哲理诗，有的是一首小谜语诗，还有的是一首小科普诗。

比如《传说》：

小山羊，小山羊

难道你没听过

摘了打碗碗花

就会打破碗的传说

嗯嗯

花的味道真不错

什么是碗呀

麻烦你来告诉我

这首小诗全篇写的是作者与小山羊的对话，背后却透露出打碗碗花有一个美丽的传说。什么传说呢？作者在诗歌后面的科普小知识里告诉小读者：打碗碗花每年 5～8 月开放。民间有个说法，谁摘了打碗碗花，回家吃饭就会打破碗。

当然，这只是一个"传说"，作者接着写道：其实并没有这回事哦！然后又给小读者描绘了打碗碗花的样子和生长特点：

"打碗碗花和牵牛花很像，但打碗碗花的叶子呈箭头状，牵牛花的叶片是圆形或心形的，另外打碗碗花比牵牛花小。打碗碗花的根系有很强的生长能力，折断后，在土壤里很快就能发芽。"

我相信，读了这首小诗和诗歌后面的小科普知识的小朋友，如果在自己的作文里也要写一写打碗碗花，就一定不会觉得无法下笔了。

再如这首《爬呀爬》：

我不咬人也不叫

一天到晚只爬高

爬呀爬

爬呀爬

像只小猫静悄悄

爬出一幢绿房子

猛地吓你一大跳

这是一首标准的"谜语诗"。不论是题目，还是诗歌里写的内容，都会引起小读者"猜谜"的兴趣。如果绞尽脑汁猜不出，那么等看到诗歌后面的小科普知识，就会恍然大悟：原来这首小诗写的是碧绿碧绿的爬山虎！

还有一种奇怪的小草，叫"田字草"，很多小朋友可能不认识。《田字格》写的就是这种小草：

风盯着地上的田字格

"写什么好呢？"

算了

去问问云吧

云想了半天

也想不出

最后在田字格上

写了一些省略号

滴答滴答……

这首小诗是标准的童话故事诗。有形象：风、云、田字草、小雨。有对话："写什么好呢？"还有简单的故事情节，写出了田野上绿色的风、云、雨和田字草之间和谐相处、生机勃勃的生命状态。

作者几乎把每一首儿童诗都写得生动活泼、摇曳多姿。像《狗尾草的童话》《一岁的爷爷》《谁种的野豌豆》《爱读书的蟋蟀》《花和叶子吵了架》等等，写得多美！

比如《谁种的野豌豆》：

田野里那棵野豌豆

是谁种下的

蜜蜂来过

蚂蚱来过

蛐蛐也在这儿唱过歌

可是它们都说

没有种

那就等一等吧

到了秋天

看看是谁来收割

诗虽短小，却写出了一种诚实、谦虚的美德，也隐含着一种有播种才会有收获的成长哲理。

再如《花和叶子吵了架》：

花和叶子吵了架

发誓不再来往

花开的时候

叶子闭门不出

长叶子的时候

花一直躲藏

它们都很孤独

却谁都不愿先开口

问候对方

这首小诗用拟人化的手法来写一种花和叶子。这样的花和叶子，像不像现实生活中两个本来十分要好，却又闹了别扭，谁也不好意思先开口说话的小姑娘？那么，这写的又是一种什么花呢？

看了后面的科普小知识会发现，原来写的是"彼岸花"。"彼岸花有一个特点，开花时，叶子不会出现，叶子出现时，花已凋落。"原来彼岸花真实的生命特征就是这样，难怪花和叶子会"发誓不再来往"呢！

作者对各种小昆虫的观察与发现也细致入微，出现在一首首小诗里也饶有想象和童趣。比如那首《蜻蜓飞机》：

要是飞机

变得很小很小

像一只蜻蜓

那该多好

每一片荷叶

都是它的机场

每一根树枝

都是它的跑道

诗里有想象、有比喻、有夸张，还有小小的抒情。作者在后面的小知识里，又补充了一些蜻蜓的生活习性：蜻蜓是昆虫界的"飞行之王"，夏天，它们常三五成群地在空中飞舞，时而悬停在空中，时而来一个180度的急转弯；蜻蜓的两只大眼睛被称为复眼，由数不清的小眼组成；它们喜欢在水边飞行，通过尾巴"点"水，将卵产入水中。

《小瓢虫卖钢帽》也是一首诙谐幽默的小童话诗，
观察的角度十分新颖：

　　　　"要不要？"
　　　　"要不要？"
　　　　小瓢虫问百合花。
　　　　百合花摇摇头：
　　　　"太小了，戴不了。"
　　　　小瓢虫失望地叹口气，
　　　　继续叫卖那顶
　　　　带斑点的小钢帽。

　　再如《抱一抱》，写的是蚂蚱的生命特征，却写
出了一种温暖的亲情：

　　　　蚂蚱有六条腿，
　　　　每条都不能少。
　　　　两条用来蹲，
　　　　两条用来跳。
　　　　还有两条，
　　　　不蹲也不跳，
　　　　专门用来

和妈妈抱一抱。

作者写动物的儿童诗里，像《燕子》《麻雀》《鼹鼠》《蜗牛》《松鼠》等，都写得很好玩，充满妙趣。仅以《松鼠》这一首为例：

这里藏一颗

那里藏一颗

藏了多少松果

我也记不得

为了冬天不挨饿

我要藏许多许多

为了春天

有更多的绿色

我要藏许多许多

作者从小松鼠真实的日常生活状态里，观察和联想到了一种为大自然增添更多绿色的美德。

无论是写花草、写昆虫，还是写各种其他动物，作者好像都时刻牢记着，她的童诗是专门为年龄偏低一些的小读者而写的，所以，她在诗歌的内容、情感、意境上，都尽量照顾到小读者们的感知力、理解力和想象力，尽量做到深入浅出。在童诗语言上，作者更是尽可能地使用"浅语"，把儿童诗的文学性和艺术匠心，巧妙地融化在极简、极浅的语言和文字之中。这种"浅语之美"，对低幼文学创作来说，无疑是一种难度极大的挑战和考验。

法国作家儒勒·列那尔擅长写大自然的花草和小动物。他的散文代表作《胡萝卜须》《自然记事》等，都是几百字，甚至只有几十个字的短小精悍之作，有的篇什短到只有一个词、一句话，就像光芒四射的碎钻一样。他写《蟑螂》，只有一行字："漆黑的，扁扁的，像个锁洞。"他写《蛇》："太长了。"他写《萤火虫》："有什么事呢？晚上九点钟了,屋里还点着灯。"他写《跳蚤》，也是一行字："一粒带弹簧的烟草种子。"巩孺萍的童诗，在形象、童趣和语言上的锤炼与简洁功夫，可与列那尔相媲美。

万物有灵且美。美国著名鸟类专家、大自然文学作家约翰·巴勒斯曾这样提醒孩子和家长们："一只被打死并被做成标本的鸟，已经不再是一只鸟了。"所以，他劝告孩子们，不要去博物馆里寻找大自然。

他建议，应该让他们的父母带着孩子去公园或海滩，看看麻雀在头顶上飞旋，听听海鸥的叫声，跟着小松鼠到它那老橡树的小巢中去看看。

读着巩孺萍的这三本儿童诗，我也想到，今天的孩子，为什么不多去亲近和了解一下那些"好玩的"事情呢？比如，春天的田野上有些什么植物？平常我们能看见哪些乡间小鸟？还有柳树的美丽、桑叶的珍贵，还有刺猬、松鼠、大雁和乌鸦的生活，蟋蟀和知了的歌声等。这是花草树木、小鸟和昆虫所带给我们的快乐。这也是大自然妈妈送给我们的"免费的午餐"。

多去亲近大自然，多去认识几种花草和昆虫，能准确地叫出更多一些小鸟、小甲虫和绿色植物的名字吧！不然多么可惜！认识这些花花草草、鸟兽昆虫，就是在和大自然做一次"亲密接触"，就是在大自然妈妈的目光里快乐地散步。孩子的小童年，能与花草、昆虫、小鸟、小山羊为伴，是多么恣意、快乐和幸福，田野上的花草、昆虫、小鸟和小山羊们，不仅不会教孩子们做坏事儿，而且会赠送孩子们多少爱心、灵性、知识和成长的智慧！

2022 年 1 月 30 日，武昌梨园

诗意教育的实践者

郁旭峰是当下中国儿童诗创作方阵里的一位实力派诗人。但他似乎一直比较低调，恪守着一位小学教育工作者、一位小学校长的本分，不为诗人的虚名所诱惑，莫问耕耘，但问收获。

然而，凭着满腔热爱与执着信念所播种下的梦想种子，时间一定会使它们成熟。旭峰迄今已出版《雨点儿写字》《呼噜是一支歌》等多部儿童诗集。现在我们看到的这本《春天的朋友圈》，是他的第七本儿童诗集。

前年，我曾为他的儿童诗写过一篇评论，其中谈到了我对他多年来默默在小学校园里从事"诗意教育"实践的认同与赞赏。但那篇文章似乎并没有引起教育界和儿童文学界多少人的关注，因此我的心里不免有一点失落感——不是为我的文章感到失落，而是为旭峰所从事的"诗意教育"实践，他有些"孤身走我路"

的寂寞感。

在我看来，旭峰的"诗意教育"实践，与"新教育实验"的倡导者和推动者、著名教育家朱永新先生关于培养"新儿童"的一些观点不谋而合。朱永新在许多场合都谈到，中国教育要重视"情感教育"。他分析说：所谓"情感教育"，并不仅仅是只关注情感，不关心认知的教育，真正的情感教育应该反对以认知发展为名，忽略和牺牲情感的正面保护和建设。他认为，情感教育应该是"对人的全生命的关怀"。因此，情感教育不但不是忽略认知的教育，相反它是从情感呵护与建设入手，达至"全生命"的"全人教育"。旭峰的"诗意教育"实践，就是从一种"对人的全生命的关怀"来完成"全人教育"的实践。

旭峰的职业身份是宁波市北仑区实验小学校长。北仑实小是一所有着140年校史的江南名校，建校历史悠久，校风传承有序。近些年来，旭峰于执教、从事教育管理之余，每天在案牍劳形的间隙，总要抽出几分钟、十几分钟，创作出一两首短小的童诗，这不仅渐渐成为他的一种日常状态，也润泽着这位小学校长的"诗意人生"，浇灌出了他"诗意教育"的梦想之花。

他创作的儿童诗一任天真，清丽单纯，对儿童世界的观察与感知丰饶而细腻，而且富有童趣。他用一首首隽永、透明的小诗，向我们呈现了一个丰盈、鲜活、烂漫和完整的童心世界。

但仅仅是创作儿童诗，还不是他最终的追求。他发现，小学生们对儿童诗的写作、诵读、欣赏，怀有一种天然的好奇和兴趣。于是，他把中国古老的"诗教"传统，与现代童诗所具有的帮助和引导孩子们培根、润心、寻美、向善、求真、益智、启发想象力的教育价值，完美地融合起来，在教学工作中创新思路，尝试着把引领孩子们学写童诗、诵读童诗和欣赏童诗的实践，引入教学实验的课堂。他用一种独特的方式，为中国教育的鼻祖孔子所创立的"诗教"传统，注入了新的活力。

好雨知时节，润物细无声。从 1998 年他第一次在公德小学尝试童诗教学，到他在北仑实小构建"诗香校园"，一直到今天，他仍然在努力推进一种"诗意教育"。当多年的柳色秋风已经拂过，人们才惊讶地发现，当初那些儿童诗的小雨点，已经渐渐汇成了清亮的小溪；而在一条条小溪流奔腾过的地方，如今到处是"鲜花的洪流"。美丽的儿童诗就像涓涓春水，润泽着孩子幼小的心田，也如点点繁星，点缀和照亮孩子们童年的夜空。旭峰也因此在全国小学教育界赢得了"诗人校长"的美誉，在童诗创作界，人们又称他为"校长诗人"。

这也印证了著名儿童文学作家和"儿童阅读点灯人"梅子涵先生的那个童诗观点，其实也是一个儿童教育观点："真正的诗意和浪漫向来不空洞，优美的抒情向来都是生命的呼吸，是听得见生命行走的有力脚步声的。童年时光会有许多内容陪伴，儿童文学是其中一个高级部分。"从童诗创作到诗意教育，旭峰赋予了儿童诗一种更为神奇和更加丰饶的力量。

孩子们最真实、最细微的心灵世界，仅靠作家的想象去感知和把握，显然是不够的。旭峰是教师，是教育家，天天和孩子们生活在一起，所以比一般的儿童文学作家更能真切与准确地体察和"发现儿童"。与陶行知、叶圣陶、陈伯吹……这些有过从事小学教育经历的儿童文学作家和教育家笔下的儿童诗一样，旭峰创作的儿童诗，往往也是富有童趣和润物无声的

"教育诗"。

当然，有一些童诗也应该具有幽默、好玩，甚至戏谑的"游戏精神"和"快乐精神"。这类童诗往往应和了童心世界恣意、灿烂和轻松快乐的节拍，是能够愉悦童心的"快活的小诗"。

《春天的朋友圈》这部童诗集，分为五辑。第一辑，抒写的是生机盎然的大自然和四季之美；第二辑，是献给乡村、童年和亲情的组曲；第三辑，是一支支明丽、欢快和纯真的校园之歌；第四辑和第五辑，是对万物有灵且美的世界的感悟，对生生不息的生命与成长的歌吟与礼赞。

诗人艾青认为，写儿童诗，首先应该做到形象和意象单纯、朴素、明丽，不要太复杂、太纠缠，然后要找到新鲜的比喻，还要让语言尽量活泼一些。"形象思维的活动，在于为自己的感觉寻找确切的比喻，寻找确切的形容词，寻找最能表达自己感觉的动词；只有新鲜的比喻、新鲜的形容词和新鲜的动词互相配合起来，才有可能产生新鲜的意境。"我是十分赞同艾青先生的儿童诗美学观的。

旭峰的儿童诗之美，也是美在形象单纯，比喻新鲜，语言活泼，富有诗意，更富有童趣和理趣。

不妨举几个例子。用作书名的《春天的朋友圈》这首诗，比喻就十分巧妙和新鲜：

因为生机和萌动

春天建了个朋友圈

河边的树木

山坡上的野花

还有田地里的小草

一股脑儿响应

纷纷入群

整整一个季节

群里热闹非凡

树木晒的是葱茏

花朵晒的是娇艳

霸屏的小草

晒的是满目的绿

春天的朋友圈

越来越大

黄鹂百灵来晒歌声

蜜蜂蝴蝶来晒舞姿

连小雨点儿

也时不时来凑热闹

晒晒晶莹

你看夜深了

它还在滴滴答答地

絮叨个不停

　　不仅比喻新鲜，还把形容词、动词作为名词来灵
活运用与巧妙搭配，塑造出充满童趣的形象和意境。

　　在《春天的花朵》里，诗人看到盛开在原野、山
坡上和轻柔的风中的花朵，不禁有了这样的想象：

春天的花朵

是一群郊游的孩子

这里一团

那里一簇

一出门　就漫山遍野地

四处撒欢

这样的比喻，因为准确、恰切，因而也显得格外生动，活灵活现。《走在乡间的小路上》，抒写的是一种细腻、真实的童年记忆细节：

走在乡间的小路上
一群羊或几只鸡
会悠闲地挡住我的去路

走在乡间的小路上
一棵玉米或几杆高粱
会热情地伸出胳膊与我握手

走在乡间的小路上
一丛蒲公英或几朵小花
会紧紧地抓住我的眼睛

走在乡间的小路上
一颗小石子

会不经意地硌了我的脚丫

在这里，乡村小童年的日常生活细节，不再仅仅具有个人回忆色彩，而成为一种足以唤起任何读者的记忆和感情共鸣，具有普遍和永恒意味的童诗与文学的意象。

这部诗集的第三辑中，那些明丽、欢快和纯真的校园之歌，也是我心目中优美的"教育诗"。这是旭峰每天耳闻目睹、浸润其中的生活日常，奔跑、欢跳在他身边的，是像小鸟般的孩子们的身影与童音，俯身拾来即佳句，伸手捧住即晶莹的小诗。

《一声甜甜的问候》《课间操》等篇什，近乎校园日常的素描和速写，却写出了一位老师、校长最真切的感受。例如《课间操》里写到的一个意象：

前平举　竖的对齐

侧平举　横的对齐

那些下了课的孩子

一个个找到点位

秧苗一样

插在操场中

……

冷不丁一阵风来

哎呀不好

秧苗们前俯后仰

全都乱了套

连脚丫子也没站牢

一个劲儿蹦蹦跳

像这样单纯和好玩的小诗，虽然未必会有多少"教育性"，但是也能让小读者感受到一种单纯、明朗、清晰的意境之美，甚至在有意无意中感受到一种活泼的童趣。

中国虽然曾经拥有数千年的"诗教"传统，但是在今天的小学校园里，能够像旭峰这样，把童诗当作引导孩子们观察自然、感受现实、发现日常生活中的真善美、激发阅读和写作兴趣的小种子，并且用一种润物细无声的耐心去培养这些小种子，给它们以萌芽、成长和突破自己乃至开花结果的机缘的，毕竟还是不多的，因此也显得更难能可贵。不妨这样设想一下，假如在今天的校园里，能有更多的中小学老师、班主任、校长，首先自己能够热爱儿童诗，甚至创作一些儿童诗，进而能在日常教学施行一点点"诗意教育"，在课堂或课外各类教学活动中融入一点点具有"诗意"的东西，那该有多好！

也许，在孩子们的成长中，正因为拥有了这一点点美好的"诗意"，便从小拥有了更温暖、更生动、更干净、更准确地运用母语的能力，拥有了对一种高尚的、善良的、宽广的人生境界的梦想与向往。我认为，郁旭峰多年来孜孜不倦地从童诗创作到诗意教育的摸索与试验，其深远的意义，正在于此。儿童诗的神奇力量和丰饶的魅力，也因此会如蒲公英的种子一样，得以更加广阔地飞扬和传播。

明丽、欢快和单纯的童诗句子，也许只是一些甜润、可口的"果肉"，而蕴含在字里行间的"情感养分"，还有诗人的教育理想，却是包藏在果肉之中的一颗颗小种子。果肉被吃掉、消化和吸收了，小种子也会留下来，等待发芽的时机。正如托尔斯泰说的，菌子被采摘了，但菌子的气息，还会留在春天的草地上。

2022 年初夏，武昌梨园

雪野的童诗之美

美丽的江南，画山绣水，滋养了一代代温润的才子。雪野先生，即典型的才子型诗人，满身的才艺闪闪发光，却偏偏对儿童诗这种小文体情有独钟，数十年来守护在这片小小的芳草地上，莫问耕耘，但问收获。

当然，天道酬勤。凭着理解力和满腔热爱播下的东西，季节总会让它成熟，决不会辜负了耕耘者的付出。雪野的儿童诗集代表作《风忘了回家的路》，已经悄然发行了 30000 册，即一个例证。

在我的印象里，雪野一直是锦心绣口、惜墨如金，好像没有写过太长的诗，即便是短小的儿童诗，数量也不算太多。这或许正是他能在众多儿童诗人中独树一帜、自成一家的"秘辛"：他从不粗制滥造，每首童诗都写得很用心，至简至净，却童心烂漫；意象单纯，又机巧有趣。他的不少童诗，可与日本童谣诗人金子美铃的童诗相媲美。

例如《轻一点》："风轻一点／阳光轻一点／狗尾巴草／浅浅地睡着／／搂着狗尾巴草／蜗牛暖暖地睡着／阳光轻一点／风轻一点。"

又如《夏日的风》："风／从小草身边走过／摸摸小草的头／你　热吗／／小草摇摇头／小草晃晃腰／／风／就把手／插进裤兜兜／悄悄走远了。"

形象单纯，诗句简洁，天真与童趣之美，诗意与感情之美，却尽在其中，带给小读者心灵的触动、美德的启迪，还有游戏的乐趣。

雪野的童诗大多是一些短小的"童话诗"。每首诗除了必须具有的诗意和抒情，往往都能看到一两个具体的形象，甚至一两句对话。这些童话的元素，在七八行的篇幅里构成一个完整的故事细节，达到了"诗意"与"童话"相融合的效果。所以，整体看来，每一首小诗，既有儿童诗的抒情之美、童趣之美，也带着童话的想象之美、智慧之美和理趣之美。

例如《花朵说》："只有晴天／蜜蜂才来看我／轻轻地问候／甜甜地问候／我一点一点记住／明天／阴天／我也不寂寞。"

再如《爱读书的风》："坐在山顶上读／躺在海面上读／一边走着／一边读着／／彩云这本书啊／风最喜欢读。"

　　诗人从细腻的观察和悉心的感知得来的"故事"与"细节"，不仅富有诗意之美，也带着哲理趣味，能带给小读者心智的启迪。

　　关于儿童诗，诗坛泰斗艾青先生的观点我十分赞同。他认为："形象思维的活动，在于为自己的感觉寻找确切的比喻，寻找确切的形容词，寻找最能表达自己感觉的动词；只有新鲜的比喻、新鲜的形容词和新鲜的动词互相配合起来，才有可能产生新鲜的意境。"尤其是给孩子们写儿童诗，更应该力求语言上的简洁精练，做到明快、单纯、朴素。雪野的童诗之美，正是来自许多新鲜的比喻，还有新鲜的形容词与新鲜的动词的巧妙配合带来的新鲜意境与活泼有味的童趣。

　　再举两例。《蚂蚁探险家》："木耳／树的耳朵／白白黄黄的耳朵／听微风轻轻歌唱／／来了群蚂蚁探险家／蹑手蹑脚爬进去／大喊一声／好大好深哦／／嗡嗡嗡／耳朵里好痒／大树忍不住／颤抖了一下／／耳朵里的探险家／可慌了神／地震了／地震了／地／震／啦。"

《会抓痒痒的雨点》："上边一点／下边一点／左边一点／右边一点／／叶子轻轻叫着／叶子轻轻晃着／多抓几下／这边／少抓几下／那边／／忙坏雨点／那么多／透明的小手指。"

前一首里，有了木耳是树的耳朵这个新鲜的比喻，后面的意境和故事才变得新鲜活泼；后一首，把晶亮的小雨点比作透明的小手指，加上"点""叫""晃""抓"这些动词带来的动感，就把小雨点的形象写得生动活泼，童趣十足。

一首优美的童诗，再怎么短小，也能像晶亮透明的小雨点一样，润物无声，带给小读者一些心灵的感动与启迪。童诗有审美、启智的价值，也不乏"诗教"的功能。

请仔细读一读《我是一盏灯》《两棵树》《有礼貌的百足虫》《春天的滋味》等篇什。对于低幼年龄的小孩来说，这些都是润物无声的美德教育诗，在向小读者传递爱心、奉献、友谊、礼貌、热爱大自然这些美德和价值观的同时，也给他们送去了鲜明的形象、

优美的语言、新鲜的词句、明快的节奏和儿童游戏的
乐趣。

2022 年 3 月 24 日，武昌梨园

童诗教育的鲜活案例

　　童诗教育现在越来越引起大家的重视，就我所知，现在国内有不少小学校长和语文老师们开始了各种童诗创意写作的尝试和试验。我国教育先哲孔子强调："不学《诗》，无以言。"这是中国诗教传统的奠基之论。孔子还说过，诗"皆雅言"，学《诗》可以"多识于草木鸟兽之名"。孔子说的"诗"是指《诗经》三百篇，我们今天也可理解为所有的诗篇。

　　宽窄老师的诗歌课既富有童趣，也充满成人的引领与教育智慧；既富有创意，又很有实用价值。我觉得至少有这样几个特点：

　　一是从小孩子已有的认知范围和身边常见的事物和现象入手，或者说是从具体的、鲜活的形象和细节入手，启发孩子们展开观察、描述、联想与想象。我们从大量她引用的孩子创作的童诗中，能清晰地看到这一点。

二是以孩子们耳熟能详、容易理解和模仿的古诗为例子，让中华传统诗歌真善美的"活水"，润物无声地流入今天孩子们的心田，把诗的教育，与爱的教育、美的教育、善的教育、亲情教育等交融在一起，于潜移默化之中，让当代的孩子们接受中华传统诗歌之美的润泽。

三是以尊重儿童的自然天性为前提，在童诗创意写作中注重对儿童纯真、无拘无束的想象力的开发，注重对儿童游戏精神的保护。我们看到，她创意教室里的小孩子写的诗歌，皆是一任天真，无斧凿痕，有的是没有什么"意义"的谐谑、幽默、好玩的句子，就像英国著名儿童诗人、画家爱德华·里亚为小孩子写的"胡诌歌"或"逗趣歌"一样，充满"游戏"效果，只要能给孩子带来一点轻松、逗趣和好玩的感觉就算达到了目的。

四是把小孩子引入一个开放、多元、色彩斑斓、趣味无限的文字世界，让孩子感受到诗歌千姿百态与千娇百媚的魅力。她的童诗教室里，有古诗新咏，有拟人化的动物诗，还有绘本诗、图像诗、题图诗、方言口语诗、游戏诗、谜语诗、数字诗……有的童诗里可能没有什么逻辑性可言，带点"无厘头"的意味，但小孩子们念起这些诗来，就像在念文字游戏般的绕口令一样，会觉得十分开心和有趣，获得的是心灵上的愉悦和放松，还有语言、文字、音韵上的戏谑的趣味。其实，这也是对小孩们早期母语语感的一种培养。

我想，宽窄老师的童诗创意写作教学的本意，也许并不是要把每一个小孩子都培养成未来的诗人，这几乎是不可能的，也是不必要的。但是，作为诗歌教育的一种方式，它却是润物无声、行之有效的。因为诗歌不仅关乎一个孩子未来的气质与教养，也直接影响着一个国家、一个民族、一个社会未来的精神面貌。未来，任何物质与品牌，都无法成为中国人的标志，但你张口吟诵出的一首唐诗、一首宋词或一首现代诗，却可以显示中国人的文化基因，构筑起中国人的文化自信。

2022 年 11 月 20 日